dtv *galleria*

»Man schreibt das Jahr 2603 des kurdischen Kalenders, als der Profikiller Alan Korkunç zum ersten Mal in seinem Leben New Yorker Boden betritt. Er spricht kein Wort Englisch, was in den Augen seiner Auftraggeber jedoch kein Nachteil ist, schließlich haben sie ihn nicht zum Plaudern angeheuert, sondern damit er mordet. Korkunç soll die Familie eines widerspenstigen türkischen Geschäftspartners auslöschen, was ihm einiges Kopfzerbrechen bereitet. Aber Job ist nun einmal Job. Irene Dische stellt ihren Killer, der aus einem kurdischen Dorf stammt, in eine ihm völlig fremde Welt: ein bäuerlich schlichter Geist stolpert durch die Megalopolis. Er will cool bleiben und hart … und schafft es nicht einmal, sich in einem Diner einen Donut zu beschaffen. Das hat Witz und Verve, ist sprachlich so wunderbar lakonisch wie die besten Kriminalromane der amerikanischen Hard-boiled-Schule – und bleibt spannend bis zum überraschenden Schluß. Irene Dische hat einen verdammt guten Job gemacht.« (Volker Albers im ›Hamburger Abendblatt‹)

Irene Dische, 1952 in New York geboren als Tochter eines Biochemikers (und späteren Nobelpreisträgers) und einer Ärztin deutscher Abstammung, lebt seit mehr als einem Jahrzehnt abwechselnd in New York und Berlin. 1989 erschien ihr gefeierter Erzählungsband ›Fromme Lügen‹, es folgten ›Der Doktor braucht ein Heim‹ (1990), ›Ein fremdes Gefühl‹ (1993), ›Zwischen zwei Scheiben Glück‹ (1997). Außerdem drehte sie den Dokumentarfilm ›Zacharias‹.

Irene Dische

Ein Job

Kriminalroman

Deutsch von
Reinhard Kaiser

Deutscher Taschenbuch Verlag

Von Irene Dische
sind im Deutschen Taschenbuch Verlag erschienen:
Fromme Lügen (12501)
Zwischen zwei Scheiben Glück (62070)

Nach dem Drehbuch ›The Assassin's Last Killing‹
von Nizamettin Ariç und Irene Dische

Ungekürzte Ausgabe
November 2002
2. Auflage März 2005
Deutscher Taschenbuch Verlag GmbH & Co. KG,
München
www.dtv.de
© 2000 Irene Dische
Titel des englischen Originals: ›A Job‹
© 2000 der deutschsprachigen Ausgabe:
Hoffmann und Campe Verlag, Hamburg
Umschlagkonzept: Balk & Brumshagen
Umschlaggestaltung: Catherine Collin unter Verwendung einer
Fotografie von © Paul McGuirk / Graphistock / PICTURE PRESS
Gesamtherstellung: Druckerei C. H. Beck, Nördlingen
Gedruckt auf säurefreiem, chlorfrei gebleichtem Papier
Printed in Germany · ISBN 3-423-20782-5

Dies ist eine wahre Geschichte – ich nenne sie:

Ein Job

Der Killer begann seine Karriere mit Schneeballwerfen. Seine ersten Ziele waren die grünen Beine und die quietschenden Stiefel der Soldaten, die durch sein kurdisches Heimatdorf im Osten der Türkei patrouillierten. Der Killer war vorsichtig, und oft traf er daneben. Er ging noch in die erste Klasse. Eines Tages schlugen die türkischen Soldaten seinen Vater zusammen. Der Gemüsehändler hatte sich geweigert, strammzustehen, während die Polizeikapelle die Nationalhymne spielte. Danach verbesserte der Killer seine Technik. Er überzog die harten Schneekugeln mit einer Eisglasur, indem er sie mit den bloßen Händen anwärmte und dann gefrieren ließ. Seine Handflächen waren immer rot und rissig.

Je besser er traf, desto mehr Freude machte es ihm. Die Wildheit überkam ihn wie ein plötzliches Fieber in der Abenddämmerung, nach einem Tag kalter Fügsamkeit in der Schule, wo er Türkisch lernen sollte, die Geschichte der türkischen Errungenschaften und türkische Dichtung und die Geographie des türkischen Expansionismus in Europa. Seine Lehrer prügelten ihm den kurdischen Akzent aus und verschafften ihm damit einen Vorteil in seinem künftigen Beruf. Er war höflich, er war gehorsam, er war es gewöhnt, daß die Leute ihm wegen seines hübschen Gesichts Komplimente machten, und er war faul – jedenfalls in der Schule. Sein Ehrgeiz lag anderswo. Er studierte die türkischen Soldaten, ihre imposanten grünen Monturen, die Gewehre, die sie als Prügel benutzten. Aber er stellte fest, daß er die vielen Silhouetten nicht auseinanderhalten konnte. Deshalb wandte er sich von ihren Beinen ab und zielte von nun an in ihre Gesichter. Da konnte er sie identifizieren und erkennen, ob er sie verletzt hatte und wie schwer.

Eines Nachmittags im Winter, als seine Kameraden schon heimgegangen waren, beschloß der Killer, noch eine Runde zu drehen. Mit einem Beutel Schneebälle über der Schulter suchte er sich seinen Weg auf den schneebedeckten Dächern der Häuser. Er sprang von einem zum anderen und kam gut voran. Aber es war spät, es wurde dunkel, es war glatt, und einmal verschätzte er sich. Statt auf dem nächsten Dach zu landen, stürzte er kopfüber in eine Schneeverwehung zwischen zwei Häusern. Er spürte, wie er im Pulverschnee versank und wie er durch sein Gestrampel nur noch tiefer rutschte. Der Schnee glühte auf seiner Haut. Die Zeit lief schon langsamer. Er wollte noch etwas sagen und öffnete den Mund. Aber der Schnee quoll ihm in den Mund und bis in die Kehle. Aus den Wörtern wurde ein Würgen: »Auf Wiedersehen, Großmutter.«

Plötzlich spürte er, wie sich ein Schraubstock erst um das eine, dann um das andere Bein spannte. Sein glühender Körper straffte sich. Er glitt wieder nach oben, wurde gezogen. Ihm fiel ein, daß er nach seiner Großmutter gerufen hatte, und an die Stelle der Erleichterung, die er eben noch verspürt hatte, trat ein viel stärkeres Gefühl: er weinte vor Scham. Von einer neuen, anderen Panik erfüllt, rieb er sich die Augen, erblickte einen braunen Lederstiefel und darüber ein grünes Bein. »Wo wohnst du?« fragte eine Stimme.

Er hing mit dem Kopf nach unten, beide Füße von einer Soldatenfaust umklammert. Diese Schande. Obwohl er sich vorkam wie ein gefangenes Kaninchen, beantwortete er die Frage des Soldaten und deutete mit einem verfrorenen Zeigefinger auf das letzte Haus der Straße. An den Füßen, die in

Stiefeln aus altem Reifengummi steckten, trug der Soldat seine Trophäe zum Dorfrand. Die Großmutter des Killers wartete ängstlich in der Tür und brach schon in erleichtertes Gejammer aus, als der Soldat mit dem Jungen noch weit weg war. Der Soldat reichte ihr das Kind über die Schwelle und sagte: »Das habe ich in einem Schneehaufen gefunden. Ich glaube, es lebt noch.«

Zur Verwunderung des Killers bat seine Großmutter den Soldaten herein, bedeckte die Handschuhe, in denen seine Hände steckten, mit Küssen und bestand darauf, daß er ein Glas Tee trank und ein Stück frisches Brot aß. Am nächsten Tag war der Killer wieder auf seinem Posten. Diesmal hatte er in jeden Schneeball, bevor er ihn festdrückte und mit Spucke einrieb, einen Stein gesteckt. Er hatte seine Berufung gefunden.

I.

Im Winter des kurdischen Jahres 2603, also einige Jahre vor Anbruch des dritten christlichen Jahrtausends, kam Alan mit dem Flugzeug aus Frankfurt am Main nach New York City – ein Mann, der nur sich selbst und der eigenen Erbarmungslosigkeit traute. Hoffentlich mußt du nie nach New York, denn da kribbeln und krabbeln lauter Einwohner ohne Namen herum, und keiner von denen spricht richtiges Englisch wie du und ich. Als Alan in die Halle mit den Schaltern der Einreisekontrolle kam, wurde ihm seine Erniedrigung deutlich. Sie stand an allen Wänden: Plakate, auf denen ungewöhnlich schöne Menschen die allergewöhnlichsten Dinge taten, sich die Zähne putzten oder einen Hamburger aßen. Alan empfand sofort Beschämung: So jung war er nicht mehr, und er sah auch nicht mehr so gut aus. Erschöpft und unfroh erreichte er die erste Hürde, die Paßkontrolle.

Dort schenkte ihm niemand große Beachtung. Überhaupt läßt sich von Alan sagen, daß er Leuten, die ihn nicht kannten, so gut wie nie auffiel. Mit soviel Getöse wie ein Schatten ging er seiner Wege. Alles an ihm war dunkel, der steife Wollmantel und auch seine Gesichtszüge – *hila hila!*: immerhin waren diese Züge außerordentlich, die Augen schwarz wie feuchte Erde, und der Zweitagebart mit seinen klaren Konturen unterteilte das Gesicht eindeutig in Hell und Dunkel, Oben und Unten. Nase, Mund und Kinn waren so fein geschnitten und so gleichmäßig angeordnet wie die Grabsteine auf einem gepflegten Friedhof. Und doch blieb niemandes Aufmerksamkeit je an ihnen hängen, weil die Zurückhaltung in seiner Miene alle Neugier abgleiten ließ.

Alan kam mit fast leeren Händen nach Amerika, hatte außer einer Stange zollfreier Zigaretten in einer Plastiktüte nichts dabei. Seine Taschen waren leer, bis auf den nagelneuen deutschen Paß. Das kostbare Dokument erregte bei dem amerikanischen Beamten keine Bewunderung – nicht mal Mißtrauen. Der prüfende Blick auf das Paßfoto und das Zuklappen des grünen Büchleins waren eine einzige Bewegung, und schon knurrte der Staatsdiener: »Willkommen in den Vereinigten Staaten.« Er sah auf seine Uhr, es war bald Mittag.

Alan ging zum Ausgang, vorbei an den Gepäckbändern. Was dort vor sich ging, erfüllte ihn mit Grausen – die Gleichbehandlung, die diese Apparatur jeglicher Habe angedeihen ließ. Wie gut, daß er gar nicht in die Versuchung hatte geraten können, seinen Ziegenlederkoffer mit dem Innenfutter aus roter Seide der Demokratie auszusetzen. Als sich die Tür zur Ankunftshalle öffnete, sah er hinter einer Absperrung eine Menschenmenge in seine Richtung starren. Doch im Unterschied zu den Menschenmengen, mit denen er es in letzter Zeit zu tun gehabt hatte, ignorierte ihn diese hier. Er ging weiter.

Ein paar Männer lösten sich aus dem Gedränge und kamen auf ihn zu. Einer sprach ihn auf Kurdisch an: »Hallo. Hier lang.« Mehrere durch die Skijacken aufgedunsen wirkende Körper umringten ihn, lotsten ihn nach draußen, in die Kälte. Keiner sagte etwas, aber schlenkernde Arme und ausholende Schritte nahmen ihn mit sich fort. Ein gelber Wagen wartete am Straßenrand. Geräumig, aber ordinär. Die hintere Tür klappte auf. Alan zwängte sich hinein, stellte seine Tüte mit den Zigaretten auf das häßliche Sitzpolster und saß

11

nun also wieder, wie fast immer in den letzten Tagen. Er mochte diese Haltung nicht – für ihn bedeutete Sitzen Langeweile und Beengung. Einer seiner neuen Gefährten setzte sich neben ihn auf die Rückbank und hielt ihm eine türkische Zeitung vor die Nase – auf der Titelseite war ein Foto, es zeigte den »Schwarzen Stein«.

Alan war kein besonders geübter Leser. Er las den Artikel laut, mit ausdrucksloser Stimme und blickte dabei immer wieder auf das Foto. Es ging darum, daß der berüchtigte Killer »Schwarzer Stein« mit einem waghalsigen Manöver aus dem Zentralgefängnis von Istanbul ausgebrochen war, nachdem ihn kurz zuvor ein türkisches Gericht wegen Mordes an einem türkischen Geschäftsmann zu lebenslanger Haft verurteilt hatte.

»Über deine Presse kannst du dich jedenfalls nicht beklagen!« sagte sein Nachbar, während der Fahrer den Wagen anließ und losfuhr.

»Das ist ein altes Fotos, ein neueres haben sie nie bekommen«, sagte Alan und fügte säuerlich hinzu: »Damals hatte ich noch Haare auf dem Kopf!«

»Und dieser tolle Schnurrbart! Neue Haare kannst du dir hier in Amerika besorgen. Für Geld gibt es hier alles«, sagte sein Nachbar und schälte sich aus seinem Parka. Darunter kam ein zweireihiger Nadelstreifenanzug aus Dormeuil zum Vorschein. Ein Knopf am Ärmel war nicht geschlossen, so daß ein handgenähtes Knopfloch sichtbar blieb. Er wechselte mühelos zwischen Englisch, das er mit den anderen sprach, und Kurmanci – dem Kurdisch, das Alan sprach. »In Amerika kann man auch Geld verdienen, wenn man sich anstrengt. Und du hast Glück. Wir haben Arbeit für dich. Du bekommst deine Chance. Diese eine Chance. Machst du es gut, bist du ein freier Mann. Läuft was schief, gehst du zurück nach Istanbul, und da foltern sie dich zu Tode. Wir brauchten jemand Besonderen für diesen Job. Und du bist doch was Besonderes.« Der Wagen schob sich in den vorbeiflutenden Verkehr. »Ich hab den anderen gesagt, es würde Spaß machen, dir bei der Arbeit zuzusehen. Hab ich da etwa zuviel versprochen?« Alan zuckte mit den Achseln. Sein Nachbar schenkte ihm das Raubtierlächeln des Menschheitsbeglückers und sagte: »Wir lassen dir ein paar Tage Zeit, damit du dich zurechtfindest. Wenn du dich am Anfang komisch fühlst – mach dir nichts draus! Das ist der Jetlag. Und jetzt sieh dich ruhig ein bißchen um. Wir sind hier im Land der freien Menschen.« Er deutete nach draußen, wo die düsteren Straßen von Queens vorüberglitten.

»Gehört alles dir«, fuhr er fort. »Dazu ein Apartment in einem angenehmen Viertel. Ein amerikanischer Paß. Und jede Menge Freiheit. Später kannst du machen, was du willst. Kommt dich nicht teuer zu stehen. Übrigens, ich heiße Mr. Ballinger. Freut mich, dich endlich kennenzulernen. Darf ich dir den Fahrer vorstellen und meinen anderen Freund hier vorn – mit ihren Namen will ich dich nicht behelligen. Mit diesen beiden wirst du ohnehin nicht viel zu tun haben, jedenfalls nicht so viel wie mit mir.«

»Worum geht es?« fragte Alan und warf Mr. Ballinger einen messerspitzen Blick zu. Den Amerikaner brachte das nicht aus der Ruhe.

»Ein Auftrag, reine Routine. Nichts, was du nicht schon gemacht hast.«

»Ich spreche kein Wort Englisch, das wissen Sie doch, oder?«

»Aber selbstverständlich. Wir wissen alles über dich – *canê*.«

Canê bedeutet auf kurdisch »Liebling«. Alan fühlte sich

13

durch diese vertrauliche Art beleidigt. Aber er war unbewaffnet und durfte sich deshalb nichts anmerken lassen.

»Wie soll ich eigentlich heißen?« fragte er und fand seine Fassung in der Geduld wieder, die sein kaltes Herz umwucherte.

Auf der Straße bemerkte er ähnliche gelbe Wagen, in denen hinten Fahrgäste saßen.

»So wie jetzt«, antwortete Mr. Ballinger. »Alan. Mem Alan war der König der Kurden, nicht wahr? Aber Alan ist auch ein guter amerikanischer Name. Mit Nachnamen heißt du Korkunç. Geboren in Ankara. Du hast einen Abschluß in Verwaltungswissenschaft an der Universität Ankara gemacht und arbeitest in der Textilindustrie. Deinen deutschen Paß gibst du besser mir, der kann dich nur in Schwierigkeiten bringen.«

Alan rückte ihn widerstrebend heraus.

»Wir bringen dich jetzt zu einem Apartment. Es liegt von deinem Job ziemlich weit entfernt, aber du wirst das mit dem Autofahren hier schon hinkriegen. Ich habe eine Schwäche für das Viertel, und die Aussicht von diesem Apartment ist einfach herrlich. Der Wagen hier gehört dir, bis du die Sache erledigt hast.«

»Dieser Wagen ...?« protestierte Alan. »Das ist ein Taxi!« Ein Chevy – mit billigen Bezügen auf den Sitzen und einem Armaturenbrett aus Plastik. Er hatte immer nur Mercedes gefahren.

»Na klar«, sagte Mr. Ballinger. »In New York fahren Leute, die kein Englisch können, Taxi.«

Er beugte sich nach vorn zu den anderen und sagte etwas. Alan hörte ihr schallendes Gelächter. Dieses Gefühl der Isolation, wenn andere lachen und man selbst nicht versteht worüber. »Ich habe ihnen gesagt, daß zumindest dein Führerschein echt ist«, erklärte Mr. Ballinger. »Was unser Fahrer hier von seinem nicht behaupten kann. Und daß du drei Mercedes gehabt hast, einer davon ein Jeep.«

»Ihr Kurdisch ist ausgezeichnet«, sagte Alan. »Aber Kurde sind Sie nicht.«

»Absolut nicht. Ein bißchen jüdisches Blut«, sagte Mr. Ballinger, öffnete die Augen weit – streunende Pupillen vor blauem Hintergrund – und schob die Lippen nach vorn: Stolz. New York ist voll von Typen, deren Gesichter nur dazu da sind, die verschiedensten Gefühle auszustellen, die den Betrachter beeindrucken sollen. Dieser Mr. Ballinger war daran gewöhnt, anderen Leuten zu sagen, wo es langgeht. Sogar die Sachen, die er anhatte, gehorchten ihm. Normalerweise ist es ja umgekehrt: die Leute lassen zu, daß die Kleider mit ihnen machen, was sie – die Kleider – wollen. Mr. Ballingers Anzug dagegen zierte den Körper seines Herrn mit größter Ehrerbietung und war ganz darauf bedacht, sich nützlich zu machen. Selbst sein blondes Haar hatte ihn nicht im Stich gelassen; es war zwar verblaßt, aber immer noch unverschämt dicht. Mr. Ballinger mischte dem Stolz, den er ausstrahlte, einen Anflug von Traurigkeit bei, als er jetzt seinen dröhnenden Bariton senkte: »Homosexuell. Außenseiter. Und meine Großtante ist sogar in einem KZ umgekommen. Deshalb verstehe ich die Kurden. Ich spreche alle vier kurdischen Sprachen. Eigentlich brauchst du über mich nichts zu wissen, aber ich erzähl dir trotzdem was – für Sprachen habe ich eine Begabung. Und vor kurzem bin ich sogar in den Sentinel Club aufgenommen worden.«

Alan sah ihn nicht an und antwortete nichts. Manche Menschen können ihre Abneigung gegen jemanden richtig auskosten – Alan nicht. Er hätte so ziemlich alles dafür getan, dieser Empfindung aus dem Weg zu gehen.

Die Nachmittagssonne legte sich für den Neuankömmling richtig ins Zeug. Während das Taxi einen Highway entlangglitt, sah Alan nach links aus dem Fenster und beobachtete, wie die Feuerkugel langsam hinter dem grauen Schlackenhaufen der Stadt versank. Er kam zu dem Schluß, daß der Wagen nach Norden fuhr – an einer leeren Wasserrinne entlang, die die anderen Fahrgäste East River nannten. Er nahm diese Information mit einem ähnlichen Interesse auf, wie es ein Mann in der Wildnis seinem Kompaß entgegenbringt. Der Wagen verließ den Highway, fuhr zuerst in westlicher Richtung und dann nach Süden, auf einer Straße mit grellbunten Geschäften und Schaufenstern, auf der es von englisch sprechenden Leuten nur so zu wimmeln schien. »Schon mal vom Broadway gehört?« fragte Mr. Ballinger. »Das ist er. Wenn du hier mit jemandem reden willst, kannst du Englisch vergessen, lern lieber Spanisch.«

Das Taxi verlangsamte seine Fahrt auf einer kleinen Straße, von der man auf einen anderen Fluß blickte, so breit wie der Bosporus. Die Sonne sah aus, als wäre sie ins Wasser gestürzt und auseinandergebrochen und als würde sie nun das Wasser dunkelrot färben. Das gleiche machte sie jeden Tag in Istanbul – fauler Zauber. Das Taxi fuhr in eine Tiefgarage, kurvte abwärts und parkte auf einem Platz, der mit einem weißen Schild markiert war: »Reserviert, Nr. 45«.

»Für einen Parkplatz bringen sich die Leute hier gegenseitig um«, warnte Mr. Ballinger. Seine Kumpel vorn machten besorgte Gesichter und fingen an, aufgeregt miteinander zu reden. Amüsiert lauschte Alan den weichen Silben. Gespräche hatte er noch nie wichtig genommen. Deshalb war es ihm egal, wenn er nichts verstand. »*Crime!*« sagte einer von ihnen mit Predigerstimme, während er aus dem Wagen stieg. Er wiederholte das Wort mehrere Male, dann griffen es auch die beiden anderen auf. Schließlich schnauzte Mr. Ballinger dazwischen: »Maul halten!«, worauf sie verdattert schwiegen. Er beruhigte sich und sprach leiser weiter. »Alan, vergiß deine Nummer nicht: 45. Wie dein Alter. Letztes Jahr mußte ich jemanden entlassen, weil er ständig auf dem falschen Platz parkte.«

Sie gingen zu einem Aufzug, aber Alan sträubte sich. Aufzügen mißtraute er. Sie konnten ihn gefangennehmen. »Gehen wir lieber zu Fuß«, meinte er. Mr. Ballinger übersetzte – zum Vergnügen der anderen. Aber sie taten Alan den Gefallen und nahmen die Betontreppe. Bald standen sie auf einer sauberen kleinen Straße, die von roten, mit Feuerleitern behängten Backsteinhäusern gesäumt war. Die Straßenlampen brannten schon, aber die Abstände zwischen ihnen waren so groß, daß sie die Düsternis kaum erhellten, die von Osten herübersickerte – aus der Türkei, wo die Düsternis herkommt. Mr. Ballinger blieb stehen, streckte einen Arm aus und erklärte: »Hier ist dein Zuhause. Probier das mal auf englisch: *home, home.*« Sein Mund formte ein »O« und machte einen langen Ton daraus.

Zuhause war ein sauberer, sechsstöckiger Backsteinbau. Zuhause lag in der obersten Etage, und wer Angst vor Aufzügen hatte, konnte sich abregen – es gab nämlich keinen. Die Bewohner mußten die Treppe benutzen, auf der sich ihre Schritte anhörten wie trockener Reizhusten. Zuhause war ein einziges Zimmer mit einer Liege und einem schwarzglänzenden Plastiknachttischchen, abgetretenem Parkett und kahlen Wänden, auf denen die Zeit ein Netz aus Rissen gesponnen hatte. Eine nackte Glühbirne baumelte von der Decke. Vor dem Fenster war ein schwarzes Gitter angebracht, zum Schutz vor Einbrechern. Zuhause hatte eine fensterlose Küche mit einem größeren schwarzglänzenden

Plastiktisch, einem dazu passenden Stuhl, einem Herd und einem bibbernden Kühlschrank. Mit einer Handbewegung lud Mr. Ballinger den neuen Bewohner ein, auf dem Küchenstuhl Platz zu nehmen. Alan setzte sich, während die anderen in der Tür stehenblieben. Er nahm eine Schachtel Zigaretten aus seiner Plastiktüte, zündete eine an und entspannte sich. Er paffte, statt zu inhalieren, und die Küche füllte sich mit Dunst.

Mr. Ballinger warf eine pralle Brieftasche auf den Tisch, außerdem zwei Schlüsselbunde, einen Zettel mit einer Telefonnummer, einen Plan von Manhattan, auf dessen Rand ein Name und eine Adresse gekritzelt waren, und ein großes Foto.

»Sieh dir das Foto genau an. Du kümmerst dich bloß um die Leute auf diesem Foto, nicht um Mr. Erkal, der auch bei ihnen herumhängt. Süleyman Erkal. Du weißt doch, wer das ist? Ex-Gouverneur von Kurdistan. Deine Gegend. Als Kind wirst du ihn gehaßt haben. Aber jetzt bist du ein erwachsener Mann. Ein Profi. Also, Hände weg von ihm. Du nimmst dir die anderen vor. Hier steht ihre Adresse. Heute ist Sonntag. Morgen besorgen wir dir das nötige Werkzeug. Am Freitagnachmittag fliegt Süleyman übers Wochenende nach Istanbul. Und jetzt hör genau zu. Du hast fünf Tage Zeit, um alles vorzubereiten, dann erledigst du deine Aufgabe und verschwindest. Keine Faxen, du arbeitest diese Woche durch. Du wirst sehen, in Amerika macht den Leuten das Arbeiten Spaß. Weil sie besser sein wollen als ihre Nachbarn, jawohl.«

Alan hockte rauchend auf seinem Küchenstuhl und hörte sich Mr. Ballingers Vortrag mit geschlossenen Augen an. Jetzt ließ er die Augenlider langsam aufklappen.

Mr. Ballinger zischte: »Paß auf, wenn ich mit dir rede!«

Alan sah ihn uninteressiert an, Mr. Ballinger schien besänftigt und fuhr in leiserem, aber immer noch sehr entschiedenem Ton fort: »Am Freitagnachmittag holt ein Wagen Süleyman bei seinem Haus ab. Das ist dein Zeichen: Du gehst rein, mit diesem Schlüssel hier, und nimmst sie dir vor – alle, die du findest. Wie du es machst, bleibt dir überlassen. Was wir sehen wollen, sind die Ohren, als Beweis. Du lieferst sie uns zusammen mit den Wagenschlüsseln. Ansonsten läßt du alles, wie es ist – es soll für Süleyman eine Überraschung werden, wenn er am Montag zurückkommt. Und paß auf, daß du nichts verwechselst! Ihm selbst soll kein Haar gekrümmt werden, verstehst du? Nichts. Wir brauchen ihn. Aber ohne seinen Größenwahn. Wir müssen ihn da ein bißchen herunterholen. Und diese Leute auf dem Bild, die sind sein Rückhalt – ohne die wird er das Maul nicht mehr so aufreißen.« Besonders neugierig war Alan nie gewesen. Er sah sich das Foto gar nicht an.

»Kein Problem«, sagte er zu Mr. Ballinger.

»In dem Haus gibt es eine Alarmanlage. Der Code ist 1923 – das Geburtsjahr eurer Republik. Etwas Besseres ist ihnen nicht eingefallen. Nimm das Taxi und den Plan, um hinzukommen«, sagte Mr. Ballinger. »Ach ja, und hier im Haus heißt noch jemand so wie du – Allen –, aber das braucht dich nicht zu stören. Du kümmerst dich um niemanden.«

»Noch ein Alan?« fragte er mißtrauisch.

»Genau. Aber kein Kurdenkönig, wie du einer bist. – Das hier ist unser Gästeapartment. Ich komme gern ab und zu hierher, denn das ist nicht ungefährlich. Gegen Routine muß man in jedem Beruf was tun. Du kommst hier schon klar, für die paar Tage. Wenn du den Job erledigt hast, bringen wir dich woanders unter. Und nicht vergessen, du bist Einzel-

gänger. Wir wollen keinen Ärger mit irgendwelchen Rand-
figuren. Keine Freunde, keine Flittchen, nichts. Du wirst
mit mir vorliebnehmen müssen. Ich rufe dich gelegentlich
an. Oder komme vorbei, wenn es zu lange dauert. Hier hast
du ein Telefon. Wenn du mich sprechen willst, drückst du diesen Knopf. Kannst du dir das merken? Wenn du das Telefon aufladen mußt, nimmst du das hier – ach, du weißt, wie
das geht?«

Alan nickte begeistert. »Ich habe selbst eins, in Istanbul.«

»Du *hattest* eins«, berichtigte ihn Mr. Ballinger. »Wenn es
klingelt, geh ran. Das bin dann ich, sonst niemand. Wir
wollen, daß du jederzeit erreichbar bist. Also nimm das
Telefon überallhin mit, auch aufs Klo, *canê!*«

Dann starrten sie ihn der Reihe nach durchdringend an,
machten einer nach dem anderen kehrt und verließen die
Küche. Alan hörte, wie die Wohnungstür leise hinter ihnen
ins Schloß fiel, und danach ihre Schritte im Gang, wie ferner
Beifall.

Später ging Alan in sein Schlafzimmer und setzte sich auf die
Liege. Die Federn knarrten in der gleichen Sprache wie seine
Gefängnispritsche in Istanbul. Er verlagerte sein Gewicht,
um sie noch einmal zu hören. Niemand sah ihm zu, und es
machte Spaß. Bald hopste er wie wild, so hoch er konnte.
Dann hörte er auf und vertiefte sich in die eigene Reglosigkeit. Er seufzte so laut, daß es sogar die deprimierten Gefäng-
niswärter in seiner Heimat mitbekommen mußten, die jetzt
für ihre Fahrlässigkeit bestraft wurden. Ihm taten die Füße
weh, und das kann auch der stärkste Mann nicht lange ignorieren. Er beugte sich nach vorn und zog die Schuhe aus, sein
Lieblingspaar. Er trug auch noch die gelben Socken von Joop,

die er sich gewünscht und die ein Bewunderer in den Gerichtssaal geschmuggelt hatte. Bei der Urteilsverkündung hatte er sie getragen. Er betrachtete die Socken. Andere hatte er nicht. Er seufzte noch einmal, und es klang wie ein Lied – Schwermut will singen. Er streckte sich auf dem Bett aus und war im nächsten Augenblick eingeschlafen. Es wurde dunkel, und die Kakerlaken kamen zum Spielen heraus.

Als blinder Mann wachte er wieder auf und fragte die Wände: »Wo haben die Amerikaner ihre Lichtschalter?« Die Wände lotsten ihn in die Küche. Er öffnete den Kühlschrank, und aus dem Inneren sickerte schwaches, segensreiches Licht in die Finsternis ringsumher. Eine Schnur hing von der Decke. Er zog daran, und über ihm flammte die Glühbirne auf. Die Kakerlaken verdrückten sich. Er sah ihnen ohne Bosheit zu. Er rieb sich die trockenen Augen und überlegte, ob sie womöglich verquollen aussahen. Der Stoppelbart war außer Kontrolle geraten. Ausnahmsweise war Alan froh darüber, daß es in der Wohnung keine Spiegel gab. Er nahm Milch, Butter und eine Packung Schnittbrot aus dem Eisschrank, riß den Milchkarton auf, setzte ihn an den Mund und trank, während er mit der anderen Hand die Brotpackung zu öffnen versuchte. Er stopfte sich eine Scheibe in den Mund. Während er aß, fiel sein Blick auf das Foto, das auf dem Tisch liegengeblieben war. Es zeigte zwei kleine Mädchen, ungefähr fünf und sieben Jahre alt, die von einer jungen Frau, offenbar ihrer Mutter, umarmt wurden.

Er war immerhin so überrascht, daß er einen Moment lang aufhörte zu kauen und aufstand. So geriet er in die Reichweite eines Schranks, öffnete ihn und fand darin Plastikteller, Plastikbesteck und Styroporbecher. Nun deckte er den Tisch, setzte sich wieder, goß Milch in den Becher und versuchte, das Brot mit Butter zu bestreichen. Amerikanisches Brot jedoch kann den stärksten Mann zur Verzweiflung bringen. Es ging in Fetzen, als Alan mit dem Plastikmesser darauf herumfuhr. Schließlich gab er auf, biß direkt in die Butter, dann in das Brot und ließ es sich schmecken.

Wenn man gut geschlafen hat, soll man eine Kleinigkeit essen, und wenn diese Kleinigkeit gut geschmeckt hat, soll man ein bißchen laufen, und danach vielleicht wieder eine Kleinigkeit essen und dann noch ein Weilchen schlafen – so lebt es sich gut. Das fand auch Alan, und deshalb war es jetzt Zeit, ein bißchen spazierenzugehen, egal, wie spät es war. Die Dunkelheit war ihm eine vertraute Landschaft und die Nacht sein wahres Zuhause. Er genoß das selbstbewußte Geräusch seiner Schritte auf dem Gehsteig; *hila hila*, es war ihm gelungen, seine geliebten Schuhe, ungarische Handarbeit, während der ganzen Haftzeit anzubehalten. Trotzdem hätte er gern ein zweites Paar gehabt.

Er bog um eine Ecke und stand plötzlich auf der Hauptstraße, diesem Broadway. Die Nacht war windstill, und der Müll lag knöchelhoch. Er fühlte sich wohl. Istanbul war genauso schmutzig und genauso träge. Bestimmt gab es Viertel, die sauberer waren. Wenn er seinen Job erledigt hatte, würde er in so ein Viertel ziehen. Er würde hier reich werden und würde bei den Leuten beliebt sein – genau wie in der Türkei. Würde, würde, würde. Wie tröstlich die Zukunftsform sein konnte. Plötzlich stand er in einem See von Licht, das aus einer Konditorei auf die Straße fiel. Direkt am Fenster standen Sitzbänke und Tische, und er konnte die Gäste wie auf einer beleuchteten Bühne sehen. Sie mampften und schlürften. Alan griff in die Hosentasche und streichelte seine Brieftasche. Doch der Eingang war versperrt.

Ein Mantel stand da, dessen Saum zwei Hosenbeine mit Bügelfalte umspielte. Aus der Entfernung sah der Mantel wie ein Brioni aus. Nirgendwo sichtbare Nähte. Aber als Alan seinen Blick auf die Schuhe richtete, gerieten seine Mutmaßungen ins Wanken. Ein eklatanter Stilbruch. Der Mann hatte einen Hund dabei. Alan verabscheute Hunde, sowohl aus beruflichen als auch aus ästhetischen Gründen, und von anderen Leuten erwartete er das gleiche. Dieser elegante Herr jedoch widmete seine ganze Aufmerksamkeit einem kleinen weißen Terrier, der gleich neben diesem erstaunlichen Hosenbein auf dem Bürgersteig hockte. Der Hund verrichtete offenbar sein Geschäft, stellte sich dabei jedoch nicht besonders geschickt an. Sein Besitzer überwachte den Vorgang mit besorgter Miene. Sanft und eindringlich sprach er auf den Hund ein. Plötzlich unterbrach er seinen Monolog und hielt den Atem an. Schließlich seufzte er laut und sagte immer wieder »Gutahund!«

Während sich der Hund umdrehte und zufrieden an den Früchten seiner Mühsal schnüffelte, wurde das Verhalten des Mannes immer bizarrer: Er streifte einen Plastikhandschuh über, als wollte er keine Fingerabdrücke hinterlassen, und ging neben dem Haufen in die Hocke. Mit der anderen Hand schüttelte er eine Plastiktüte auf. Er schob den Haufen mit der Handschuhhand hinein, sah sich die braune Schmiere noch einmal an, murmelte wieder »Gutahund« und marschierte dann zu einem Abfalleimer, wo er sie mit der gleichen Mischung aus Widerstreben und Respekt deponierte, mit der eine Hausfrau verwelkte Blumen wegwirft.

Alan zögerte nicht: Er versetzte dem Hund einen kurzen, boshaften Tritt in die Rippen. Ein Blitzschlag traf ihn deshalb nicht. Keinerlei Anzeichen dafür, daß irgendein Gott etwas mitbekommen hatte. Selbst der Hundebesitzer witterte kein Unheil. Er stand über den Müll gebeugt. Der Hund jaulte und wich so weit zurück, wie die Leine es zuließ, aber sein Besitzer konzentrierte sich noch immer auf den Mülleimer. Da der Weg nun nicht mehr versperrt war, betrat Alan die Konditorei.

Im Kino hatte er solche Läden schon gesehen – Plastikmöbel und sauberes Linoleum. Aber mit diesem Duft hatte er nicht gerechnet – frischer Kuchen. Eine Kellnerin in Weiß stützte sich auf die Theke und starrte mit gesenktem Kopf in ein Buch mit einem Bild auf dem Hochglanzumschlag. Vergnügt stellte ihr neuer Kunde fest, daß sie nicht zu mager war. Neue Ausblicke waren ihm immer recht. Auf einer Brosche an ihrem Aufschlag stand »Pat«. Alan schlenderte zu ihr hinüber und starrte dabei auf ihre *memik,* um ihr zu zeigen, wie sehr sie ihm gefielen. Pat richtete sich auf und ließ das Buch sinken. Er geriet in Verwirrung. Aus der Nähe hatte er so ein Gesicht noch nie gesehen. Sie kam aus Afrika. Eine Kannibalin. *Yam-yam.* Schließlich sprach er sie in der Sprache an, die er kannte.

»*Kahve.*«

Sie antwortete – mit Geplapper.

»Okay«, sagte er gleichgültig, ohne etwas zu verstehen. Frauen redeten viel. Er hatte furchtbare Geschichten über afrikanische Sitten und Gebräuche gehört, aber er hatte auch Fotos gesehen, von nackten afrikanischen Frauen mit den allerschönsten Klementinen. Diese hier steckten offenbar in Körbchen, die bestimmt auch mit Spitzen verziert waren. Er überlegte, wie wohl die *serimemekin* in der Mitte aussahen. Wahrscheinlich wie kurze, harte Stiele und ganz schwarz. Er war sich nicht sicher, ob er sie wirklich in die Hand nehmen wollte, aber sehen wollte er sie auf jeden Fall. Und die duftenden Haarbüschel in ihren Achselhöhlen. Sie redete noch immer, anscheinend wollte sie etwas wissen. »Okay, okay«, wiederholte er und hoffte, sie würde sich umdrehen, damit er ihr Übriges betrachten konnte. Aber ihre Stimme wurde eindringlicher. Sie mußte beruhigt werden.

Er zeigte die Zähne: lächelte. Sie füllte einen Becher mit Sahne, goß ein bißchen Kaffee dazu und schob ihn zu ihm hinüber. Er zeigte auf etwas. »Donut?« fragte sie.

»Do-nut«, antwortete er. Sein zweites englisches Wort. Sie nahm einen Marmeladen-Donut und redete weiter.

Alan zog seine Brieftasche heraus und nahm einen Schein mit einer Hundert darauf heraus. Er hoffte, es würde genügen.

Der Schein schien sie zu ärgern. Er sah ihr ins Gesicht – ein Körperteil, dem er sonst wenig Beachtung schenkte. Die weiche, rosa Innenseite ihrer dunklen Oberlippe erregte sein Interesse. Die Nase war breit, aber niedlich. Sie faltete den Geldschein auseinander und hielt ihn gegen das Licht. Der Donut lag auf der Theke. Er wußte, daß er ihn nicht nehmen durfte, solange sie sich nicht über den Preis geeinigt hatten. Er dachte nicht mehr an sie. Er spürte, wie sehr seine Hoffnungen in den Händen dieser fremden Frau gefährdet waren. Der Duft eines frischen Donut kann den stärksten Mann in ein winselndes Hündchen verwandeln.

Sie hielt den Schein hoch, damit alle ihn sehen konnten, wedelte damit herum und rief ihnen etwas zu. Er hatte keine Ahnung, warum. Die anderen Gäste hoben die Köpfe, stierten nach dem Schein. Manche von ihnen sahen seltsam aus – sie waren dicker, als Alan es für möglich gehalten hätte. Noch nie hatte er so dicke Menschen gesehen. Nicht mal der dicke Mann im Vergnügungspark von Ankara war annähernd so dick, und der konnte von seinem Dicksein leben. Die Dicken hier warfen Alan neugierige Blicke zu. Unfreundlich sahen sie nicht aus, im Gegenteil, alle lächelten, während sie mit den Achseln zuckten oder die Köpfe schüttelten. Die Kellnerin gab ihm den Schein zurück und murmelte etwas. Er wollte schon gehen, da rief sie: »He, Mister!« Als er sich umsah, hielt sie ihm den Teller mit dem Donut und die Tasse Kaffee hin und redete sehr schnell. Er nahm ihr Angebot an und nickte, womit er würdevolles, aber nicht dankbares Einverständnis signalisieren wollte. Was sie zu ihm sagte, verstand er nicht: »Bezahlen Sie das beim nächsten Mal. Sonst werden Sie in der Hölle brennen.«

Er setzte sich in eine der Nischen und untersuchte den Donut, ehe er sich getraute, hineinzubeißen. Vorsicht war tatsächlich geboten – rote Marmelade spritzte ihm auf den Schoß. Es erinnerte ihn an einen Job, bei dem er in Istanbul mal dabei gewesen war. Er riß den Mund so weit auf, wie er konnte, und stopfte sich das, was von dem Donut noch da war, hinein. Erstickungsangst wich hellstem Entzücken. Die anderen Gäste sahen ihm interessiert zu. Viele von ihnen hatten ebenfalls Marmeladenflecken auf den Kleidern.

Alan sagte sich: Hättest du langsamer gegessen, würdest du noch immer essen. Gierig zündete er sich eine Zigarette an.

Im nächsten Augenblick stand die Kellnerin neben ihm. Er freute sich. Er glaubte, er habe sie angelockt. Aus der Leere ihres Gesichts drang eine laute Stimme hervor.

»Okay«, erwiderte er, nahm einen tiefen Zug und zwinkerte ihr zu. Mit diesem Zwinkern hatte er in Istanbul so manche Freundschaft angebahnt. Ihr Arm fuhr in die Höhe. Ein dunkler Finger mit heller Unterseite zeigte auf ein Rauchen-Verboten-Schild, und er hörte, wie sie zischte: »Şmuk.«

Er wußte nicht, was das sollte. Er starrte auf ihren Mund und fuhr sich mit der Zunge über die Lippen. Ein Zittern lief durch ihren Körper, während sie seufzte. Ein Arm schob sich langsam in seine Richtung, bis eine kleine Hand die zwischen seinen Zähnen klemmende Zigarette erreicht hatte. Er spürte, wie die Zigarette aus seinem Mund glitt, und sah aus dem Augenwinkel, wie sie in seinem Kaffee unterging.

Alan blieb trotzdem ruhig. Er stand auf und ging zur Tür, froh, daß keine Zeugen aus der Türkei anwesend waren. Hätte er sich noch einmal umgedreht, hätte er gesehen, wie Pat hinter der Theke ihr Buch mit dem glänzenden Umschlag wieder aufschlug.

Alans Eindruck von der ersten Frau, die er in Amerika kennengelernt hatte, war ganz von den Peinlichkeiten geprägt, die sie ihm beschert hatte. Die Kränkung war so ungeheuerlich, so schwindelerregend, daß er gar nicht wußte, wie er ihr eine Lehre hätte erteilen können. Also kehrte er in die Dunkelheit zurück. Lange konnte er seine Einsamkeit jedoch nicht genießen, denn bald bemerkte er hinter sich Schritte, die sich den seinen anpaßten. Weiche, schlurfende Schritte. Er ging langsamer und lauschte. Die Schritte wurden ebenfalls langsamer. Sein Puls schlug höher. In einer Stadt, die man nicht kennt, von böswilligen Fremden verfolgt zu werden, ist nicht das gleiche wie in einer Stadt, wo man sich auskennt. Aber in New York ist es noch mal etwas anderes – egal, ob man sich auskennt oder nicht. Hoffentlich mußt du da nie hin. Keine Stadt ist so unheimlich wie New York. Über Los Angeles oder Las Vegas oder Chicago dehnt sich ein schöner, weiter Himmel. Und unter dem Beton wogen dort goldene Kornfelder. Aber New York ist wie ein poröser Betonblock, in dem es überall von Menschen wimmelt – und wenn man den Block an einer Ecke anhebt, findet man darunter noch mehr Beton. Über New York gibt es keine Luft und darunter keine Erde, sondern nur Beton bis zum Mittelpunkt der Erdkugel. Und in Alans erster New Yorker Nacht lauerte die Dunkelheit um ihn herum wie ein Ungeheuer; jemand folgte ihm.

Seinem Verfolger entkommen zu wollen oder ihn zur Rede zu stellen, schien ihm zwecklos. Statt dessen wurde er passiv. Er ging nach Hause, warf die Haustür hinter sich zu und durchquerte mit raschen Schritten die Eingangshalle. Eben hatte er die Treppe erreicht, da hörte er, wie die Haustür sich wieder öffnete und wieder schloß, und dann Schritte. Er begann die Stufen hinaufzusteigen. Im Treppenhaus heulte der Wind – »Wer?« und »Warum?« Nun waren auch die Schritte bei der Treppe und stiegen ihm nach. Als Alan den sechsten Stock erreicht hatte, drückte er sich im Gang an die Wand und wartete. Bald erreichte auch sein Verfolger den sechsten Stock und betrat den Flur.

In Alans Beruf ist es keine Seltenheit, daß man verfolgt wird. Jeder Job hat seine Schattenseiten. Wie ein Arzt, der sich bei seinen Patienten leicht einen Schnupfen holen kann, regte sich Alan über gefährliche Situationen nicht auf, sondern begegnete ihnen mit Würde. Er machte sich auf einen Kampf mit den bloßen Händen gefaßt.

Doch dann sah Alan den *falan-filan*, der ihm den ganzen Broadway entlang bis in diesen dunklen Flur nachgestiefelt war, plötzlich in einer Haltung vor sich, die von einem jämmerlichen Mangel an Umsicht zeugte – Alans Tür zugewandt, mit dem Rücken zum Feind. Ein Amateur. Er legte ein Ohr an die Tür und lauschte eine Zeitlang. Dann richtete er sich wieder auf und seufzte – ein langgezogenes »F«, gefolgt von einem Klicken. Alan verstand – *fakabasti!* Es war auch ein Lieblingswort von ihm, ein Ausruf, der von einem Erfolg kündete, so triumphierend wie beim Schach das »Matt!«. Aber was wollte dieser Sohn eines Esels sagen, wenn er hier vor Alans Wohnung *fakabasti* wieherte? Schließlich machte er kehrt und stapfte die Treppe wieder hinunter, ohne auch nur die elementarsten Gebote der Vorsicht zu beachten. Amerika! Alan wartete, bis es im Treppenhaus wieder still geworden war, und betrat dann seine Wohnung.

Drinnen wartete dieser Riese auf ihn – die Einsamkeit. Alan bekämpfte ihn mit Hausarbeit. Er zog seine Hose aus und säuberte sie mit heißem Wasser – Seife war nicht da. Durch heftiges Scheuern mit den Fingerknöcheln brachte er die Marmeladenflecken zum Verschwinden. Er hängte die tropfende Hose über einen Heizkörper und wanderte dann in seiner langen Unterhose durch die Wohnung. Er öffnete das Fenster. Wie sich zeigte, hatten die Gitter, die gegen Einbrecher schützen sollten, roher Gewalt wenig entgegenzusetzen – er riß sie ab und warf sie nach unten. Aber statt in einem Abgrund zu verschwinden, blieben sie vor seinem Fenster liegen. Da erst sah Alan, daß zu seiner Wohnung ein kleiner Metallbalkon gehörte. Er kroch durch das Fenster nach draußen und hockte sich dort, auf der Feuerleiter, in die Dunkelheit. In Istanbul war es jetzt hell. Von Rechts wegen müßte er um diese Zeit sein erstes Frühstück zu sich nehmen, Oliven, Käse und starker Kaffee, ehe er sich in die Toilette zurückzog, wo die Sonne den rosaroten Marmor zum Leuchten brachte. Doch ein dummer Fehler hatte ihn um sein Recht auf ein Leben in Istanbul gebracht. Die Kälte, seine alte Freundin, tröstete ihn, fuhr ihm mit ihren Fingern durch das Haar, strich an den Ohren, den Schenkeln entlang und schlang sich ihm um die Füße. Vom Hocken wurde

Alan immer schläfrig. Er sank in einen Halbschlaf. Einmal ging ein Licht an – hinter einem Fenster, das nur wenige Meter entfernt war – und nun sah Alan, daß er hoch über einem Hinterhof saß. In der Wohnung gegenüber ging ein alter Mann aufs Klo. Als er fertig war, erlosch das Licht. Viel später klingelte Alans Telefon. Eine Zeitlang hörte er es sich an, dann kletterte er durch das Fenster zurück.

Es war Mr. Ballinger. »Wollte nur hören, wie du zurechtkommst.«

Alan sah auf seine Uhr. Halb vier.

»Danke, gut.«

»War ein langer Abend im Club. Ich habe mir überlegt, ich nehme dich mal mit. Du könntest da ein paar einflußreiche Leute kennenlernen. Hättest du Lust? Für mich ist es riskant, wenn man mich mit dir sieht, aber ich liebe die Gefahr. Im Grunde meines Herzens bin ich ein Spieler. Und ein guter Gastgeber dazu.«

Als Alan nichts erwiderte, sagte er: »Also dann, gute Nacht!«

Wortlos schaltete Alan das Telefon aus. Der Wind war ihm nach drinnen gefolgt und wirbelte im Zimmer herum. Alan schloß das Fenster und legte sich aufs Bett. Die Kakerlaken tanzten. Jemand hatte ihm ein Buch auf den Nachttisch gelegt – *Englisch in sechs Tagen*. Er schlug es nicht auf. Er dachte: Alan braucht das Englische nicht zu suchen. Das Englische wird zu Alan kommen. Er malte sich aus, wie er Englisch sprach – schnell und heftig gestikulierend, um etwas klarzumachen. Es war leicht. Durch die Wand hörte er Musik. Eine Frau sang ein westliches Klagelied. Er summte mit, machte aber viele Fehler. Mozart hatte er noch nie gehört. Und zuletzt schlief er ein.

2.

Alan Korkunç brauchte zum Aufwachen einen Wecker, das war eine seiner wenigen Schwächen. Es war Mittag, als er erwachte, und die Kakerlaken hatten sich verzogen. Er blieb noch eine Zeitlang liegen – rauchte, ließ die Asche auf das Parkett fallen, dachte über sein neues Leben nach und sang eine kurdische Ballade von einer schönen Frau, die im Morgengrauen zu ihrem Mann spricht: Guten Morgen, mein *canê*. Ich habe gehört, du hast dich verliebt. Wenn das Mädchen hübscher ist als ich, dann beglückwünsche ich dich. Aber wenn es häßlicher ist, dann möge aller Kummer Bagdads über dein Haupt kommen. Der Mann gibt darauf keine Antwort. Zuerst sang Alan leise vor sich hin, dann immer lauter. Bei der dritten Zigarette und der siebzehnten Strophe, als die Frau schließlich mit eigenen Augen sieht, daß die neue Frau ihres Mannes so häßlich ist wie eine Kloschüssel, fühlte sich Alan endlich munter genug zum Aufstehen. Er probierte die Dusche aus und war zufrieden. Vor zwei Wochen war er das letzte Mal zur Maniküre und Pediküre gegangen, und der Zustand seiner Hände mißfiel ihm. Vor drei Tagen hatte er sich zum letzten Mal rasiert, hatte vor der Urteilsverkündung noch rasch den krummdolchförmigen *simbêlpîj* entfernt – ein allzu deutliches Erkennungsmerkmal. Die Koteletten hatte er jedoch stehen lassen. Inzwischen war er zwar frei, aber Grund zum Klagen gab es dennoch reichlich: seine Hose war steif, und frische Unterwäsche hatte er auch nicht. Das Frühstück – Brot und Butter und noch eine Zigarette – tat ihm gut, seine Stimmung stieg.

Er trank den Rest Milch aus, zog seinen Mantel an und machte sich auf den Weg.

Die Sonne richtete einen riesigen Scheinwerfer auf die Frauen, die die Straße bevölkerten. Doch Alans Interesse verblaßte bald. Die meisten waren sehr alt, und die nicht alt waren, hatten entweder kleine Kinder oder große Einkaufstüten bei sich. Außerdem bekam man vom Zwinkern gegen das blendende Licht Falten im Gesicht. Alan dachte an seine Sonnenbrille. Sie lag in Istanbul auf einem Tisch in der Diele. Zwei volle Arbeitstage hatte er gebraucht, um die richtige zu finden. Er überquerte die Straße und betrat die Tiefgarage. Die Tür des Aufzugs stand einladend offen, doch er schob sich an ihr vorbei und tänzelte die Stufen hinunter. Nummer 45. Hallo, mein Freund, mein Taxi. Es wirkte gefügig, ein altes, aber zuverlässiges Gefährt. In Istanbul hätte er sich geweigert, darin Platz zu nehmen. Umgekehrt schien der Wagen auch von Alan nicht besonders angetan zu sein. Die Türen wollten nicht gleich aufgehen, man mußte nett zu ihnen sein. Aber zuletzt ließen sie ihn doch herein. Er legte die Zigaretten auf die Sitzbank und begann mit seiner Inspektion: zuerst außen, die Winkel und Spalten an der Unterseite, dann der verschlissene Innenraum. Er nahm die Fußmatten und Aschenbecher heraus, löste den Rückspiegel aus der Halterung, fuhr mit den Händen unter den Sitzen entlang. Keine elektronischen Vorrichtungen. Er betrachtete sich im Rückspiegel. In der Garage war es so dunkel, daß er Einzelheiten nicht erkennen konnte, aber sein Gesicht mit dem Stoppelbart gefiel ihm trotzdem. Er öffnete die Lippen einen Spaltweit; die weißen Zähne funkelten. Ungefähr so wie bei den Sängern im »Gazino«, die mit ihren gepflegten Dreitagebärten zeigen wollten, daß sie nichts auf Äußerlichkeiten gaben. Der Schatten auf seinen Wangen

32

verlieh ihm jedoch ein etwas hinfälliges Aussehen, und er fragte sich, ob er jetzt Mem Alan, dem kurdischen Monarchen, tatsächlich ähnelte … Mem Alan war allerdings als ganz junger Mann gestorben, und zwar aus Liebe zu Zin. Alan hatte diese Legende nie gemocht. Er schämte sich für sein Volk, das sich einen Mann und eine Frau zu Nationalhelden erkor, die jung gestorben waren – und aus Liebe! Kein Wunder, daß die dreißig Millionen Kurden es nicht schafften, einen eigenen Staat auf die Beine zu stellen. Zum Abschied lächelte er sich noch einmal im Spiegel zu und ging wieder an die Arbeit. In einer Seitentasche der Tür fand er einen zweiten Stadtplan von New York. Er setzte sich hinter das Lenkrad und breitete ihn auf dem Sitz neben sich aus. Jemand hatte zwei rote Kreuze eingezeichnet und die Strecke dazwischen markiert. Das eine Kreuz markierte sein Apartment, das andere Erkals Haus. Vorsichtig rangierte Alan den Wagen aus der Parkbucht.

Seinen ersten Arbeitstag in Amerika begann er mit Small talk.

Parkwächter: »Hi, wie geht's denn so?«

Alan: »Hallo, gut, danke.«

Zum Broadway fand er leicht und fuhr dann nach Süden, Richtung Downtown. Er besaß die innere Ruhe eines Propheten. Das hektische Gedrängel des New Yorker Straßenverkehrs machte ihm nicht das geringste aus. In Istanbul waren die Autos kleiner, aber auch tückischer. Er kam an einem großen Gebäudekomplex vorbei – auf dem Gehsteig davor eine lange Menschenschlange. Alle Blicke richteten sich auf das Taxi – lauter gierige, kämpferische Mienen, wie Esel vor dem Füttern. Darunter seltsame Exemplare, Asiaten mit mißgebildeten Augen und viele *yam-yams*. Als Alan näherkam, sprang ein bleichgesichtiger Mann vom Gehsteig auf die Straße und stürmte, mit den Armen fuchtelnd, auf sein Taxi los. Alan wich ihm geschickt aus, doch an einer roten Ampel mußte er halten. Keuchend erreichte der Mann Alans Wagen. Als er die Hand auf den Türgriff legte, gab Alan Gas. Die Hand flog zur Seite. Im Rückspiegel sah Alan das Gesicht des Mannes. Die Babyhaut wurde so rot wie die Ampel, die Alan gerade überfahren hatte. Der Mann schüttelte die Faust.

Auf so etwas war Alan überhaupt nicht vorbereitet. Der Schweiß löschte die Wut nicht, die in ihm aufflammte – er schürte sie. Gesicht und Hemd waren im Nu klatschnaß. Dabei haßte er Schweißausbrüche, aus kosmetischen Gründen. Und ein Hemd zum Wechseln hatte er auch nicht. Er lenkte den Wagen zur Mitte der Straße, wo er sich durch den Verkehr vor den tobenden Massen geschützt glaubte. Der Broadway geht in diesem Teil der Stadt leicht bergauf, und die Aussicht ist malerisch – wie in Beyoglu, Alans Viertel in Istanbul, mit seinem Menschengewühl und den Läden, die ihre Waren auf der Straße verkaufen. Im Vorüberfahren fiel sein Blick hier und da auf eine Frau – schüchtern wirkten sie nicht. Viele waren rundlich, wie Alan es mochte, und trugen Kleider in leuchtenden Farben. Doch wenn man ein paar Meilen weiterfährt, verändert sich das Bild und gleicht immer mehr den Ansichten, die Alan aus dem Kino kannte oder von den Postkarten, die der Metzger seines Dorfes in seinem Laden an die Wand gesteckt hatte – er prahlte, er habe sie von einem Freund aus Amerika bekommen. Hier kratzen die Häuser an den Wolken. Genauer gesagt, es sieht so aus, als würden sie sich bewegen; die dahinziehenden Wolken geben ihnen zusätzlichen Schwung – und nun drohen sie tatsächlich zu kippen. Kurz, Alan kam sich vor, als säße er in einer Falle, und hielt den Blick gesenkt, sah sich nach Ablenkung um und mußte feststellen, daß in dieser Gegend viele Frauen viel zu dünn waren. Aber abgestumpft – wie Leute, die Hunger haben – blickten sie nicht drein. Im Gegenteil, ihre Blicke waren ungeheuer wachsam. Diese Frauen würden sich ihm nicht so ohne weiteres hingeben. Die hielten sich lieber an ihrer eigenen Handtasche fest. In Istanbul, wo Alans Name bekannt war wie ein populäres Gedicht, galt es bei den Mädchen als Ehre, wenn sie ihm zu Diensten sein durften. Alan hatte sein Ziel fast erreicht, als er noch einmal in die Fänge einer Ampel geriet.

Ist Bewegungsfreiheit denn nicht gottgegeben? Wie kann eine Demokratie, die etwas auf sich hält, dem Menschen das Naturrecht beschneiden, sich nach Herzenslust zu bewegen? In Istanbul, wo Autofahren ein Kampfsport ist, jeder gegen jeden, sind die Ampeln ein Symbol für die gescheiterten Hoffnungen der Obrigkeit. Bei Grün steht dem Fahrer vielleicht der Sinn nach einer kleinen Pause, und bei Rot versetzt einem der Hintermann, der es eilig hat, einen Stoß. Die Fußgänger sind gerissene Typen, und Tote gibt es nur unter den Ausländern, die die Straße überqueren, wenn sie Grün haben. In New York war all dies anscheinend anders geregelt. Alan wollte nicht aus den falschen Gründen auffallen und tat, was die rote Ampel von ihm verlangte. Aber wie so oft – Gehorsam rächt sich. Jemand stürmte seinen Wagen, drang mit schlenkerndem, scharfkantigem Aktenkoffer ein. Alan konnte nichts dagegen tun – du mußt bedenken, er war noch unbewaffnet. Der Störenfried trug trotz der Pickel um sein Jünglingskinn schon einen schweren Kamelhaarmantel und hatte einen ausgesprochen herrischen Ton am Leib. Alan verstand kein Wort – nur die Ausrufezeichen.

35

Galegale! Galegale!! Fez!!!

Alan schüttelte den Kopf. Als die Ampel auf Grün sprang, fuhr er auf die andere Seite der Kreuzung und stoppte wieder. Der Fahrgast schlug nun einen anderen Ton an.

Qijevij??! Galegale! Qijevij??!!!

Alan zündete sich eine Zigarette an und beobachtete seinen Passagier im Rückspiegel. Zwischen den einzelnen Zügen sang er, um sich zu beruhigen, ein bißchen auf kurdisch – das Lied von der reichen Witwe, die sich in einen armen Hirten verliebt, doch der arme Hirte will von ihr nichts wissen.

Dieses Benehmen wurde dem Fahrgast unheimlich. Er sprang aus dem Taxi, als stünde sein Sitz in Flammen. Gleichzeitig förderte er von irgendwo ein Diktiergerät zutage, sah nach dem Nummernschild und sprach etwas in das Mikrophon. Alan lehnte sich nach hinten, verriegelte die beiden Hintertüren und fuhr in gemächlichem Tempo davon. Er kam nur ein paar Meter weit, da grabschte schon wieder ein Mann nach seinem Wagen. Von allen Seiten stürmten die Leute auf sein Taxi los. Sie rüttelten an den Türen, und als sie sie nicht öffnen konnten, schrien sie und trommelten auf das Dach. Der Verkehr hatte sich verdichtet, er wurde langsamer, er kam zum Stillstand. Das Schicksal verordnete eine Pause. Und Alan hätte sie genossen, wenn nur all diese Fremden ihn in Ruhe gelassen hätten.

Wahrscheinlich ist der Verkehr an dem beklagenswerten Verhältnis der Stadtbewohner zur Zeit schuld. Für den New Yorker zum Beispiel ist Stillstand eine Form von heftigstem Schmerz, während wir, du und ich, wissen, daß es im Leben nichts Angenehmeres und Erquicklicheres gibt als einen Augenblick oder besser noch viele Augenblicke völligen Stillstandes. Wo es der New Yorker mit der Zeit zu tun bekommt, nutzt er sie aus oder schlägt sie tot, während der Kurde die Zeit begleitet. Der Kurde verachtet die Langeweile nicht. Er heißt sie als die ehrwürdige Mutter seiner besten Ideen willkommen. Und so kam Alan auf den Gedanken, die Fenster seines Taxis herunterzukurbeln und die Kälte Platz nehmen zu lassen. Rasch kühlte der Wagen aus, und niemand wollte sich mit soviel kalter Luft ein Taxi teilen. Fußgänger versuchten nicht mehr, ungebeten einzusteigen, und die *falan-filan* ließen das Pöbeln sein. Sie blickten zwar immer noch auf, wenn er vorüberfuhr, und näherten sich ihm mit hoffnungsfroher Miene. Doch dann blieben sie stehen und wendeten sich ab. Wenig später erreichte Alan das Ziel seiner Fahrt – wo ihm ein weiterer Schock bevorstand.

Das Haus der Zielperson lag in einer schmalen Seitenstraße. In den Seitenstraßen eines wohlhabenden Viertels in Manhattan sollte man sich besser nicht verlaufen. Das ist wie wenn man sich auf einem Friedhof verirrt. Niemand spricht. Man sieht nur Steine, Namen auf Steinen, und wenn man doch einmal einem lebendigen Menschen begegnet, sieht er gedankenverloren und traurig aus. Alan hatte sich vorgenommen, eine Zeitlang in seinem Wagen sitzenzubleiben und das Haus zu beobachten. Freie Parkplätze waren auf dieser Straße reichlich vorhanden. Direkt vor dem Haus fand er einen. Er machte es sich bequem und beobachtete rauchend das unnahbar wirkende, braune Gebäude, das hinter einem hohen Eisengitter und jenen gummiartigen Büschen lag, die nur auf New Yorker Beton gedeihen. Die Haustür erreichte man über etliche steile Stufen. Auf dem Gehsteig bewegte sich nichts – abgesehen von einem Trainingsanzug in Neonfarben und zwei Joggingschuhen, die ein Dutzendmal in regelmäßigen Abständen und immer im gleichen Tempo vorbeisausten. Viel später ging die Haustür auf, und es erschien eine stämmige Frau in Hausmädchentracht.

Während sie die Straße auf- und abblickte, drängten sich zwei Kinder an ihr vorbei und hüpften die Stufen hinunter in den Garten. Mit schriller Stimme rief sie ihnen von oben etwas zu. Die beiden Mädchen achteten nicht darauf. Die Frau zeterte weiter, während die Kinder in aller Ruhe zwei weiße Mäuse aus den Jackentaschen holten und auf den Gartenweg setzten.

Durch die offenen Fenster seines Taxis hörte Alan: die Frau schimpfte auf Türkisch, wie er es vermutet hatte. Die Mädchen hatten den Mäusen Leinen umgelegt und führten sie spazieren. Die Tiere trugen kleine blaue Pullover. Die Jacken der Kinder waren so dick, daß sie die Arme kaum bewegen konnten. Nachdem sie sich noch einmal nach der Haustür umgesehen und festgestellt hatten, daß der Wille des Hausmädchens gebrochen war und es den Rückzug angetreten hatte, zogen sie hastig die Jacken aus und warfen sie auf den Boden. Ihre blauen Schuluniformen saßen schief, die Kniestrümpfe schlackerten um die Fußknöchel, die langen schwarzen Zöpfe lösten sich auf. Die beiden hatten wilde, dunkle Augen mit langen, dichten Wimpern. Sie hockten sich auf den eiskalten Boden, steckten die Köpfe zusammen und spielten mit den Mäusen.

Da tauchte ein roter Sportwagen neben Alans Taxi auf und blieb stehen. Genau wie Alans Herz, denn jetzt sah er eine hinreißende Frau die Beifahrertür öffnen und aussteigen. Sie war elegant gekleidet – kurzer Persianerrock, passende Jacke und hohe Absätze im Schnee. Fast so erstaunlich wie jemand, der auf dem Wasser wandelt – schwarze Lacklederabsätze im Schnee. Gegen die kam selbst der vereiste

Gehsteig nicht an. Mit hocherhobenem Kopf und geröteten Wangen, während das schwarzglänzende Haar auf ihren Schultern wippte und die Ringe an ihren Ohren funkelten, steuerte sie in schimmernden Nylonstrümpfen auf die Kinder zu, ohne sich weiter in acht zu nehmen. Als sie sie sahen, sammelten die beiden sofort ihre Mäuse ein und riefen, während sie mit ihren kleinen Händen die Gitterstäbe umklammerten und die Köpfe zwischen ihnen hindurchschoben: »Mommy! Mommy!«

Sie strahlte, stieß das Tor auf und umarmte die beiden. Sie trug sie, als wäre nichts dabei, die Stufen hinauf, und bei jedem Schritt stießen ihre Pfennigabsätze mit einem Klicken durch den Schnee. Oben sah sie sich noch einmal nach dem Wagen um, dem sie gerade entstiegen war. Er stand ein paar Meter entfernt, mit laufendem Motor. Ein Schatten glitt über ihr Gesicht. Ihre schwarzen Augen folgten dem roten Wagen, als er davonfuhr. Sie hatte die gleichen langen schwarzen Wimpern wie ihre Töchter. Erst als der Wagen um eine Ecke gebogen war, öffnete sie die Haustür und ging hinein.

Alan fühlte sich erleichtert. Die Kinder waren sehr nett. Ihre Mutter war nett. Alan arbeitete ungern mit Leuten, die ihm nicht gefielen. Er mochte es, wenn alles nett und freundlich zuging. Immer wieder sprach er ihren Namen vor sich hin: »Mommy«. Er fand, es war der schönste Frauenname, den er je gehört hatte.

Kaum waren diese heißen Gedanken durch die kalte Landschaft seiner Pläne gewirbelt, da erschien ein uniformierter Oberkörper in seinem Fenster. Alan sah den Revolver in einem billigen Halfter, er sah das blaue Hosenbein und sagte: »Hallo, Sir.«

Aber er mußte sich korrigieren: »Hallo, Madam.«

Alan hatte in seinem Leben schon viele Frauen gekannt. Sie hatten ihn nie in Verlegenheit gebracht, weil er immer sicher gewesen war, er könne sie aus der Situation heraus mit ein paar kleinen Veränderungen von Mienenspiel und Stimmlage unter Kontrolle behalten. Nie hatte er Gewalt anwenden müssen. Er hatte bescheidene Verkäuferinnen, starke Mütter, verwöhnte Schauspielerinnen gekannt. Er kannte sich aus. Aber eine bewaffnete Frau war ihm noch nie begegnet. Wieder eine *yam-yam*.

Die Polizistin hatte andere Sorgen. Sie hatte ihr Quantum Strafzettel noch nicht verteilt und stürzte sich auf Alan mit der Anmut eines Raubvogels, der auf seine Beute herunterstößt. Besser nicht daran zurückdenken, wie sie mit ihm umsprang – es war zu schrecklich. Nichts als *gale gale,* und sein Äußeres beeindruckte sie überhaupt nicht. Mit ihrem Englisch war es auch nicht weit her – es klang so ungeduldig und unverschämt wie in allen großen Städten. Hier bekommen wir so etwas nicht zu hören, und ich hoffe, es bleibt dir überhaupt erspart. Alan verstand nur »Mistah«. Er ertappte sich sogar dabei, wie er aufmerksam einem lokalen Singsang lauschte – »Cumm-on-cumm-on-cummon«. Dann sah er, wie ihre braune Faust auf die gelbe Kühlerhaube seines Wagens niedersauste, und hörte den Trommelschlag.

Als er aus dem Wagen stieg, wollte er ihr eigentlich Manieren beibringen, und zwar ohne Worte. Doch dann erkannte er an dem Lächeln, das in ihrem Gesicht aufging, was er in Wirklichkeit tat – er gehorchte ihren Befehlen, tat genau das, was sie von ihm wollte. Noch bevor er die Hand gegen sie heben konnte, brachten ihn ihre kleine Hand auf der großen Waffe an ihrer Hüfte, ihre stämmige Figur und auch die Tatsache, daß sie einer fremden Rasse angehörte, wieder davon ab. Außerdem verstand er nun aufgrund gewisser Gesten, daß sie seine Wagenpapiere sehen wollte. Mr. Ballinger hatte sie ins Handschuhfach gelegt. Wie sich herausstellte, waren seine Dokumente so weit in Ordnung, aber irgend etwas schien sie zu vermissen. Deshalb gab sie ihm noch eines dazu: einen gelben Zettel, passend zur Farbe seines Wagens. Er nahm ihn, und weil ihm nichts anderes einfiel, sagte er »Thank you«. Das fand sie anscheinend ungeheuer überraschend. Sie sah ihn scharf an, bevor sie angewidert den Kopf schüttelte. Schließlich ging sie davon, ohne sich weiter darum zu kümmern, ob er ihre Anweisungen befolgte oder nicht. Sie trug eine kurze Jacke, die ihren Revolver gut zur Geltung brachte, aber auch ihren *qun* – die Hose war prall gefüllt. Alan fragte sich, ob sie zusätzliche Unterhosen trug, um seinen Umfang zu vergrößern. Er hatte immer den Verdacht gehabt, die Frauen in seinem Dorf zögen aus diesem Grund zusätzliche Röcke an.

Als sie außer Sicht war, setzte er sich wieder in seinen Wagen und fuhr einmal um den Block. An jeder Ecke geriet er an eine rote Ampel, und bald konnte er vor lauter Verwirrung weder schlucken noch ausspucken. Er murmelte alles, was er auf englisch murmeln konnte: Hallo goodbye donut thankyou Hollywood. Er versuchte sich aufs Fahren zu konzentrieren. Aber über die Einheimischen ärgerte er sich weiter. Ihm fiel auf, daß sie sich offenbar angewöhnt hatten, in zwei Reihen zu parken und die andere Straßenseite überhaupt nicht zu benutzen. Auf engen Straßen wie der, wo die Erkals wohnten, blieben wunderbare Parkplätze einfach leer. Eine vernünftige Erklärung hierfür gab es nicht. Er verachtete die New Yorker wegen ihrer Verschrobenheit. Er sah ein Parkhaus, aber ein Mann in einem Häuschen am Eingang scheuchte ihn mit heftigem Gefuchtel zurück und zeigte dabei auf ein Schild, das Alan nicht lesen konnte. Er verstand allerdings, daß man ihn abgewiesen hatte. Er wendete und umkreiste den Block noch einmal und noch einmal. Die Zeit war bei ihm und besänftigte ihn. Schließlich kehrte er auf den Parkplatz zurück, von dem er vertrieben worden war, und wartete. Er hoffte, Mommy würde noch einmal herauskommen. Hoffentlich hatte sie keine anderen Schuhe angezogen.

Der Job eines Killers besteht hauptsächlich aus Warten, und seine wichtigste Begabung ist die Geduld. Nichts darf er überstürzen. Er muß sich entspannen. Deshalb haben Killer eine so hohe Lebenserwartung. Sie haben gelernt, wie man sich Zeit läßt. Alan saß in seinem Taxi, markierte die verstreichenden Sekunden mit seinem Herzschlag, die Minuten mit nichts und die Stunden mit einer Zigarette. Langsam bekam er Hunger und Durst. Er dachte an *çiğköfti*, ein Gericht, das er in Istanbul nie angerührt hatte. Es war ihm immer zu primitiv erschienen, ein Bauernessen, das von den Männern zubereitet wurde. Sie kneteten rohes Hackfleisch mit den Händen, bis es sich wie Tonerde anfühlte. Um seine Konsistenz zu prüfen, formten sie ein Bällchen und warfen es im Beisein aller feierlich an die Decke. Wenn es kleben blieb, konnte man das Fleisch essen. *Hila hila, çiğköfti.* In Istanbul hatte er es verschmäht, aber hier lief ihm bei dem Gedanken daran das Wasser im Mund zusammen.

Die Dämmerung brach herein, die Straßenlampen schalteten sich ein, und schließlich hielt eine Limousine vor dem Haus. Ein weißer Sealskinmantel entstieg der hinteren, eine Uniform der vorderen Tür. Die Uniform zückte einen Regenschirm und gab dem Pelzmantel das Geleit zum Haus.

Der Besitzer des Pelzmantels hatte sich einen roten Schal umgewickelt und trug einen Filzhut. Für einen kurzen Augenblick drehte er den Kopf in Alans Richtung, starrte das Taxi an. Alan sah ihm ins Gesicht und verlor die Kontrolle über sein Herz. Es verfiel in einen wilden Tanz des Schreckens. Schon als kleiner Junge hatte Alan dieses Gesicht gekannt, gefürchtet, gehaßt und sich immer vorgestellt, er, er ganz allein, würde ihm eines Tages die Ohren abschneiden und sie als Trophäe davontragen. In einer Reportage hatte man Süleyman Erkals Ohren einmal mit denen von Gandhi verglichen, obwohl er mit Gandhi sonst wenig gemeinsam hatte. In den Jahren nach seinem Abschied vom Militär war sein Gesicht nicht mehr in den Zeitungen erschienen – doch es kursierten nach wie vor Gerüchte über ihn. Süleyman habe einmal einen kerngesunden kurdischen Gefangenen gezwungen, sich in einen Sarg zu legen, und dann dessen Familie zur Beerdigung eingeladen. Die Mutter des Gefangenen war empört, daß man ihr nicht erlauben wollte, den Leichnam ihres Sohnes zu waschen. Bei der Beerdigung wurde laute Musik gespielt, die die Schreie des begrabenen Mannes übertönte. Aber über allem anderen war die Stimme von Süleyman Erkal zu hören gewesen, der sich mit jemandem über die Lage am Aktienmarkt unterhielt. Als Alan diese Geschichte einfiel, flackerte die Wut in ihm auf. Er wollte schon aus dem Wagen springen und sich über die Ohren und alles andere hermachen, als sein Telefon zu piepsen begann. Es war Mr. Ballinger.

»Schöner Tag, wie?«

»Ja.«

»Wo steckst du?«

»Vor dem Haus.«

»Alles okay?«

»Natürlich.«

»Du bist nicht gerade gesprächig.«

»Wann bekomme ich die Waffe?«

»Heute nicht. Morgen. Aber erzähl doch mal, wie geht es mit dem Taxifahren? Hast du die Verkehrsvorschriften kapiert?«

»Also, auf Wiedersehen.«

Als Alan wieder hinsah, hatte der Mann im Pelzmantel das Haus gerade erreicht. Der Chauffeur stand draußen, hielt ihm die Tür auf und wurde naß dabei. Nachdem sich die Tür wieder geschlossen hatte, stürzte der Chauffeur zum Wagen zurück und sah zu, daß er wegkam.

Seit seiner Verhaftung vor einer Woche war Alan unbewaffnet und kam sich ohne tröstliches Gerät so unvollständig vor, als wäre ihm plötzlich ein Arm oder ein Bein abhanden gekommen. Er wußte, seine Karatekünste würden ihm nichts nützen, wenn es wirklich einmal hart auf hart ging. Und außerdem war Alan in seinem Fach eine Diva. Er war es gewöhnt, daß andere ihm die langweilige Routine abnahmen. Er hatte nie ohne Helfer gearbeitet. In Istanbul waren es meistens Helferinnen gewesen, die sich auf diese Weise für seine Zuneigung erkenntlich zeigten – den Wagen zum Ölwechsel in die Werkstatt brachten, Briefe tippten, Waffenzeitschriften für ihn kauften. Einmal hatte er einer Frau sogar die Ehe versprechen müssen, um sie zu halten. Keine befriedigende Lösung, wie sich herausstellte – denn kaum waren ihm in einem unbesonnenen Augenblick, während sie sich seinen Aufmerksamkeiten widersetzte, die entsprechenden Worte über die Lippen gekommen, da gab sie nach und verlangte von nun an immerzu nach Aufmerksamkeit. Jede weitere Mitarbeit lehnte sie allerdings strikt ab, ja sie erwartete, daß er nun ihr die langweilige Routine abnahm. Ersatz für sie war bald gefunden, mehrfacher Ersatz sogar. Seine Hilflosigkeit in der Neuen Welt hatte also viele Seiten und übertraf seine Neugier bei weitem. Seine Gastgeber hatten ihm selbst die elementarsten Schönheitsmittel vorenthalten, die nötig waren, wenn man einer Frau gegenübertreten wollte – frische Wäsche und ein sauberes Hemd ebenso wie eine Zahnbürste.

In seiner Brieftasche fand Alan Geld genug für eine Einkaufstour. Einen kleinen Laden in seiner Nähe hatte er schon entdeckt. Beim Einkaufen achtete er nicht auf die Preise – für Geld interessierte er sich nicht und war daher in der Praxis weder geizig noch verschwenderisch. Er belud seinen Einkaufswagen mit Cola, mit kleinen Kartons, die, so hoffte er, Milch enthielten, mit Weißbrot, Zigaretten (leider führte der Laden seine geliebten Samsuns nicht), Marmelade, einer Zahnbürste, Rasierzeug, Unterwäsche in Plastikverpackung und ... und ... und ... (in jedem kleinen türkischen Laden war das Angebot genauso reichhaltig). An der Kasse erregte er Aufmerksamkeit, weil er so viel in seinem Einkaufswagen hatte – warum ging er nicht einen Block weiter in den großen, billigeren Supermarkt, wenn er einen Großeinkauf machte? – und zwar so merkwürdiges Zeug: eine staubige Sonnenbrille mit schwarzem Gestell, die er irgendwo ganz hinten im Laden entdeckt hatte, ein Fläschchen billiges Parfüm, ein kleiner Kosmetikspiegel und eine Riesenpackung *preservatifi*. Die Kassiererin, eine ältere Frau, nahm sie, ohne mit der Wimper zu zucken. Alan versuchte ihr eine Reaktion zu entlocken, indem er begeistert ausrief: »Amerika!« – womit er sagen wollte: »Was für ungeheuer große Packungen *preservatifi* ihr hier verkauft!«

45

Aber die Kassiererin funkelte ihn nur mit der Feindseligkeit einer kleinen Beamtin an, während sie seufzend und mit demonstrativer Langsamkeit seine Einkäufe in zwei Papiertüten versenkte.

Die *preservatifi* hatte er in der vagen Hoffnung erstanden, daß er sie irgendwann brauchen würde. Er wollte gegebenenfalls nicht mit leeren Händen dastehen. Von ansteckenden Krankheiten wußte er wenig, aber er hatte einen Horror davor, einem Mädchen ein Kind anzuhängen und dann mit einer Heiratsurkunde dafür zahlen zu müssen. Familien im Vorderen Orient waren in dieser Hinsicht unerbittlich. Oft kehrten seine Gedanken zu Mommy zurück. Auch die Polizistin und Pat, das Donut-Mädchen, hatte er nicht vergessen. Von Enthaltsamkeit hielt er wenig, aber er war zu stolz, sich eine Frau zu kaufen.

Auf dem Nachhauseweg kam er wieder an dem Donut-Shop vorbei und betrat ihn mit erhobenem Haupt und entschlossenem Schritt. Pat füllte gerade die Vitrine mit frischen Donuts, die sie behutsam mit einer Zange faßte. Er schlenderte zur Theke und wartete, bis sie ihn bemerkte. Schließlich kam sie. Er sagte: »Kaffee, bitte« und rammte ihr seinen Blick in die braunen Augen. Ihr stockte der Atem. Ihre Apfelsinen bebten, als führe ein Lastwagen an einem Obststand vorbei. Sein *kir* begrüßte die beiden. Pat drehte sich um, goß ihm einen Kaffee ein, und er sah die Weite, die sich da hinten dehnte – sieben Stämme hätten auf diesem Feld siedeln können. Sie drehte sich wieder um, und ihre Blicke trafen sich. Pat schmolz dahin. Sie stellte den Styroporbecher vor ihm ab und legte ihre kleine Donut-Hand auf seine. Er hob sie an die Lippen, küßte die rundlichen dunklen Fingerknöchel. Sein *kir* war drauf und dran, ein Loch in die Theke zu bohren.

Aber als Alan den Donut-Shop betrat, war Pat leider nirgendwo zu sehen. Ein junger Mann stand hinter der Theke und verdarb Alan den Appetit. Alan trat den Rückzug an. Die Arme taten ihm weh. Er fühlte sich erniedrigt, weil er seine Einkäufe selbst tragen mußte. All seine Beschwerden rotteten sich in seinem Kopf zusammen und veranstalteten ein so fürchterliches Geschrei, daß ihn sein Instinkt im Stich ließ. Er ahnte nicht, daß ihm zu Hause ein weiterer, noch heftigerer Anschlag auf seine Lebensgewohnheiten bevorstand.

An diesem, seinem zweiten Abend in der Neuen Welt kam er nach Hause und sah eine Gestalt in der Eingangshalle. Sie wischte den Fußboden mit einem Ungestüm, das ihm bekannt vorkam – und tatsächlich, es war der Fahrer. Er steckte jetzt allerdings in einer orangefarbenen Hausmeistermontur. Alan ging auf ihn zu und starrte ihn an. Der Fahrer richtete sich langsam auf, als sei er plötzlich sehr müde, und entschloß sich zu einem Schwätzchen. Willst du wissen, was er sagte? Auch wenn Alan kein Wort davon verstand? Na gut. Aber wenn du nicht alles verstehst, soll es mir auch recht sein. Er sagte also ungefähr: »So ein *mother faki* Job! Ballinger will, daß ich mich um Sie kümmere. Er hat mich behalten, als seine Firma dieses Haus kaufte. Unter der Bedingung, daß ich ein paar Zusatzaufgaben übernehme. Was denn für Aufgaben, frage ich. Ach, sagt er, mich gelegentlich ein bißchen in der Gegend rumfahren, sonst nichts. Als nächstes wollte er dann, daß ich die Mieter im Auge behalte. Möchte wissen, womit er morgen kommt. Dabei zahlt er keinen dumpfen Dollar. Also mach ich auch nichts. Ich kümmere mich nur um meinen eigenen Kram. Wenn Sie

47

mal Hausmeisterhilfe brauchen, sagen Sie Bescheid. Ansonsten laß ich Sie in Ruhe. Ich wohne unten im Keller. Mit den Kindern. Und den Ratten. Meine Frau war schlau, die ist abgehauen.« Er lachte.

Irgend etwas an Alans Haltung machte den Hausmeister nervös – die Reglosigkeit oder der Ruf, der Alan vorausging. Er sah sich hilfesuchend um und rief: »Ach, da ist ja Mrs. Allen!«

Der Name brachte unseren Helden aus dem Konzept. Er hörte, wie hinter ihm die Haustür aufging, und fuhr herum. Eine alte Frau kam herein – leuchtendweiße Turnschuhe, ein abgetragener rosa Mantel, dazu ein Hut mit Blümchenmuster, der aussah wie ein Teewärmer. Sie ging auf die Treppe zu, doch dann blieb sie stehen und sah den Hausmeister an. In ihren Augen – zwei blaue Schlitze in einem alten Gesicht mit glatter Haut – war ein eigentümlicher Glanz, und die Wangen schimmerten. Sie weinte.

»Hallo«, stammelte sie und wandte sich wieder der Treppe zu.

Alan hatte genug von dem Schwätzchen. Nach einem letzten feindseligen Blick auf den Hausmeister drehte er betont lässig ab und folgte Mrs. Allen zur Treppe. Er hätte sie auf dem ersten Absatz überholt und seinen Aufstieg rasch fortgesetzt, wenn sie nicht mit ihrer knochigen Hand von hinten seinen Ellbogen gepackt und sich mit den Worten »Vielen Dank auch« an ihn geklammert hätte. Nun mußte er die Treppe langsam ersteigen, Stufe für Stufe, mit vielen Pausen, die Finger der Schußhand in die Oberkanten seiner Einkaufstüten verkrallt. Die Hand tat ihm schon weh, und er fürchtete, er könnte sie sich verletzen. Mrs. Allen verlangte volle sechs Treppen Beistand, denn sie wohnte auf der gleichen Etage wie er. Alan fiel Mr. Ballingers Bemerkung über die andere Person namens Allen ein. Dies war sie also, und sie wohnte hinter der Tür nebenan, die er nun auch noch für sie aufschließen mußte. Und selbstverständlich schaffte Mrs. Allen es auch, ihn zum Hereinkommen zu bewegen. Ihre Absicht war unmißverständlich: sie ließ seinen Ellbogen einfach nicht los, während sie über die Schwelle trat. Es widersprach seinen Grundsätzen – aber sie bugsierte ihn in ihre Höhle. Seit Jahren hatte er keinen Fuß mehr in eine fremde Wohnung gesetzt. Selbst seine Freundinnen in Istanbul kamen zu ihm, oder er nahm ein Hotelzimmer.

Ihr Apartment erstaunte ihn. Im ersten Zimmer sah es aus wie in einer Bibliothek – zwei Tische, einer an der Wand, mit Büchern bedeckt, der andere mitten im Zimmer. Zwischen Papierstößen ragte eine Schreibmaschine hervor. Auch die weißen Schränke an den Wänden waren mit Büchern vollgestopft. Sie ließ seinen Arm los, rückte die Schreibmaschine zur Seite und schob mit ihren kleinen, krummen Händen die Papiere zusammen. Dabei sprach sie die ganze Zeit. Dann räumte sie den anderen Tisch frei, und es kam ein Herd zum Vorschein. Er sah den Kühlschrank in der Ecke, die Spüle, und war so erstaunt, daß er sich nicht verabschiedete, sondern Wurzeln schlug. Schließlich hörte sie auf zu reden, sah ihn an und fragte: »Türkisch?« Er zuckte zusammen und erwiderte: »Nein, nein.« Dann fügte er auf kurdisch hinzu: »*Ez Ingilîzî nizanim.*«

Zu seiner Überraschung wiederholte sie diesen Satz auf Kurdisch, als wollte sie ihn nachschmecken, und übersetzte ihn dann: »Ich spreche kein Englisch.« Sie schien erfreut. »Ich lade Sie zum Essen ein«, sagte sie auf türkisch und fügte hinzu: »Kurmanci kann ich nicht. Ich hatte nie einen Grund, es zu lernen. Wir müssen uns in einer Sprache treffen, die uns beiden fremd ist. Stellen Sie doch Ihre Tüten ab und nehmen Sie Platz. Ich habe furchtbar schlechte Laune. Mit meinen Bridge-Abenden ist es vorbei. Für mich ist das eine Katastrophe, wirklich.«

Alan war ein Tölpel. Er hielt es für völlig normal, daß eine New Yorkerin nicht nur seine Muttersprache, sondern auch seinen speziellen Dialekt erkannte. Und er hatte nicht vor, sie durch Gesprächigkeit zu belohnen. »Ja, danke«, murmelte er und schämte sich seiner Gleichgültigkeit dieser alten, ehrwürdigen Frau gegenüber.

Als Mrs. Allen ihren rosa Mantel über einen Stuhl hängte, gab er nach, hängte seinen Mantel über den anderen Stuhl und setzte seine Tüten ab. Sie stellte eine Teekanne auf den Tisch und stülpte ihr den Blümchenhut über. Er paßte genau. Sie deckte den Tisch – Schwarzbrot, zwei Sardinendosen und zwei Tomaten. Als sie versuchte, die Konservendosen zu öffnen, kam ihr der Gast zu Hilfe.

Die Sardinendose ist ein Folterinstrument, auf das man Amnesty International einmal aufmerksam machen sollte. Erst lockt sie den Hungrigen, zum Öffner zu greifen, und dann bespritzt sie ihn mit fischig riechendem Öl. Und du weißt ja, wie sehr Alan Flecken haßte. Er nahm einen Lappen von der Spüle und bearbeitete damit die Flecken auf Hemd und Hose – ohne Erfolg. Das war keine Kleinigkeit, sondern eine metaphysische Kränkung. Aber der Wohlgeruch der Sardinen besänftigte ihn.

»Sie müssen essen. Sardinen sind gut gegen zu hohe Cholesterinwerte, und sie sind billig. Ich fühle mich miserabel. Wirklich miserabel. Meine Bridgepartner ziehen nach Florida. Bridge war meine einzige Form von Geselligkeit. Ich habe sonst niemanden. Meinen Sohn werde ich nie mehr wiedersehen. Daran bin ich selbst schuld. Weil ich Atheistin bin. Wie jeder vernünftige Mensch. Wie jeder, der ein bißchen Grips hat.« Sie warf ihm einen Blick zu und meinte: »Ich langweile Sie zu Tode, nicht wahr?«

Er zündete sich eine Zigarette an, und sie protestierte nicht. Sie reichte ihm eine Teetasse mit Goldrand für die Asche. Als er die Zigarette zu Ende geraucht hatte, deutete sie auf das Essen und sagte: »Guten Appetit.« Natürlicher Anstand hatte ihn daran gehindert, einfach Nein zu sagen und zu verschwinden – ein Kurde weiß Gastfreundschaft zu schätzen –, aber dieser Anstand hinderte ihn nun auch, einfach zuzugreifen, solange ihn seine Gastgeberin nicht mehrmals und mit wachsender Hysterie angefleht hatte, er möge ihr doch das unschätzbare Vergnügen gewähren, das Essen mit ihr zu teilen. Als die alte Frau zum fünften Mal rief: »Bitte essen Sie doch!«, ließ er sich erweichen.

Auf ihren Monolog während der Mahlzeit achtete er nicht, deshalb lohnt es sich nicht, ihn wiederzugeben. Nach einer Zeitspanne, die ihm schicklich erschien, stand er auf und sagte: »Danke.« Mehr nicht. Er hatte keine Lust, sich mit ihr zu unterhalten.

Die Ringe unter ihren blaßblauen Augen schienen die Jahrzehnte zu markieren, und ihre Stupsnase mußte vor einem halben Jahrhundert sehr hübsch gewesen sein. »*Ich* habe zu danken«, sagte sie. Sie blieb sitzen. »Es macht Spaß, sich mit Ihnen zu unterhalten. Sie sind so alt wie mein Sohn. Ich habe ihn mit fünfunddreißig bekommen. Für meine Generation war das ziemlich alt, aber ich wollte keinen Mann. Wissen Sie, ich habe geheiratet, weil mich der Sex verrückt machte. Damals konnte man nicht einfach mit einem Mann ins Bett gehen wie heute. So was tat man nicht. Nicht in unseren Kreisen. Ich war sehr schön. Und ich wußte es. Deshalb kam ich mit meiner Doktorarbeit nicht voran. Ich war nicht bei der Sache, abgelenkt von diesem Sex. Also habe ich geheiratet, und dann habe ich meine Arbeit geschrieben und meinen Doktor gemacht. Die Arbeit? Uninteressant für Sie, über Bücher, ich will Sie nicht langweilen – und dann wurde ich schwanger und bekam einen sehr hübschen Sohn. Den ich nun nie mehr wiedersehen werde.« Sie sagte das ohne viel Pathos. Alans Großmutter dagegen hatte wahrscheinlich drei Monate lang gejammert, als er von zu Hause weg und nach Istanbul gegangen war. Alan vergaß seine Einkaufstüten nicht, als er die Küche verließ. Ihr lokkiges Haar war weiß und flaumig. Sie winkte ihm vom Tisch nach: »Machen Sie bitte die Tür hinter sich zu.« Als er die Tür ins Schloß zog, hörte er die Frau seufzen.

Seinen zweiten Abend in Amerika verbrachte er damit, sich die Sardinenflecken aus der Hose zu waschen. Außerdem versuchte er – ohne Erfolg –, individuelle Kakerlaken wiederzuerkennen. Und er rauchte. Er hatte die Angewohnheit, seine Streichhölzer in der offenen Hand oder am Ellbogen anzureiben – oder auch an einem anderen harten Körperteil, wenn er es ungestört freilegen konnte. Dieses Kunststück hätte ihm sicher große Bewunderung eingetragen, doch vor Publikum zeigte er es nie. So war es nun mal – da, wo viele Männer fast immer weich sind, war er fast immer hart. An diesem Abend jedoch war Alan zu müde, sich selbst noch etwas vorzuführen. Er war sogar zu müde zum Rasieren, obwohl er sich darauf gefreut hatte. Aber für die Entscheidung, welche Art Schnurrbart er sich von nun an wachsen lassen würde, brauchte er Kraft. Achtzehn Varianten standen ihm vor Augen. Es war an der Zeit, den krummdolchförmigen *simbêlpîj* durch etwas Großartigeres zu ersetzen – vielleicht einen *simbêlpalik,* der sich über die ganze

Breite des Gesichts zog. Die Koteletten konnten dann verschwinden.

Nachdem er noch ein Päckchen geraucht hatte, beschloß er, eine Liste von allem zu machen, was er in Amerika vermißte. In Istanbul hatte ihm sein Anwalt mal einen Kugelschreiber geliehen, und er hatte ihn wohlweislich nicht zurückgegeben, denn Kugelschreiber gehörten zu den Dingen, die er sich selbst nie kaufen würde. Jetzt beglückwünschte er sich zu soviel Umsicht, zog den Stift aus der Jackentasche, klappte sein Englischbuch auf und schrieb hinten in den Innendeckel:

Kekikli Pirszola
Şöbiyat

Das waren seine Lieblingsgerichte. Er schrieb weiter:

Der Blick auf den Bosporus aus dem zehnten Stock
Maßschuhe aus Schlangenleder
Fernsehen beim Einschlafen
Stereomusik, wenn Mädchen da sind – Aufnahmen von
Feqiyê Teyra
Rote Samtvorhänge
Eine blinkende Alarmanlage
Ein Whisky aus der Heimbar
Mein schönes, großes Bett (mit Platz für drei Mädchen)
Ein Jeep mit Individualausstattung
Samsuns

Er steckte den Stift wieder ein und streckte sich auf seiner Liege aus. Er machte sich Gedanken wegen der Waffe. Mr. Ballinger hatte sich nicht gemeldet. Alan wälzte sich hin und her. Durch die Wand drang wieder dieses seltsame westliche Gejammer. *»Traurigkeit«,* sang eine Frau, und er murmelte: »Okay!« – stand auf und schlug in seinem Englischwörterbuch unter T nach. Er war stolz auf soviel Eifer – schlug jetzt schon zum zweiten Mal an diesem Abend ein Buch auf. Er fand das Wort *trout* – Forelle. Es mußte ein Volkslied sein. Durch das offene Fenster wehten ein paar Schneeflocken herein.

Alan malte sich aus, wie er seinen Club in Beyoglu besuchte, in dem sich prominente Politiker und reiche Geschäftsleute trafen. Wie er sich eine Linsensuppe mit Zitrone bestellte, und wie seine Bekannten ihn schulterklopfend umringten und nach seinem Urlaub begrüßten. Frauen hatten eine bestimmte Art, ihn mit Blicken zu umkreisen. Er brauchte solche Blicke nur zu erwidern – und schon gehörten sie ihm. Er hatte Geld in der Tasche, soviel er wollte. Den kleinsten Wunsch las man ihm von den Augen ab: Ein Drink gefällig? – Schon unterwegs. Je mehr Geld man hatte, desto weniger mußte man anscheinend ausgeben, Reichtum schien neuen Reichtum zu zeugen. Und reich war er seit seinem zwanzigsten Lebensjahr. Wohlstand und Erfolg waren für ihn eine Selbstverständlichkeit. Die Verhaftung vor zwei Wochen hatte ihn nicht besonders überrascht – ein Schwenk im Lauf seines Schicksals, der sich eine Zeitlang auf seinen Lebensstil auswirken würde, seiner gesellschaftlichen Stellung aber nichts anhaben konnte. Doch bevor er sich ein Bild von dieser neuen Richtung gemacht hatte, machte das Schicksal schon wieder einen Schwenk. Jetzt befand er sich gerade mitten in der Drehung, und das Schicksal war noch nicht wieder zur Ruhe gekommen. Fürs erste schlief er ein.

3.

Der dritte Tag begann mit einem Bad, und nachher rieb sich Alan mit Parfüm ein. Zuletzt dann die Rasur. Er nahm die Koteletten weg, ließ nur die Umrisse eines buschigen *simpêlpalik* stehen. Doch nachdem er sich angezogen hatte, warf er einen letzten Blick in seinen neuen Taschenspiegel und kehrte noch einmal ins Bad zurück, um ein bißchen weiterzurasieren. Der ausladende Bart würde zuviel Aufmerksamkeit auf ihn lenken. Alan entschied sich für einen dezenteren *simbêltûj*. Es kostete ihn einige Mühe, in der Mitte eine Schneise anzulegen, die nicht zu breit, aber auch nicht zu schmal war. Und das Anspitzen der Enden verlangte besondere Umsicht.

Nachdem er sich im Donut-Store mit Kaffee und Donuts gestärkt hatte (von Pat war wieder nichts zu sehen, sie arbeitete offenbar in der Nachtschicht), fuhr Alan mit seinem Taxi los. Er fühlte sich ausgeruht und gut in Form. Er mußte sich einiges überlegen. Zuallererst: Was würde er tun, wenn Mr. Ballinger ihm gar keinen Revolver geben wollte? Vielleicht waren Revolver in Amerika inzwischen so verbreitet, daß sie als spießig galten – und der modebewußte Mr. Ballinger erwartete, daß er die Sache mit etwas Scharfem erledigte. Für Alan war auch diese Technik nichts Neues, aber er mochte sie nicht. Sie war ihm zu intim, und dann die ganze Schweinerei nachher.

Unterdessen bliesen die Naturgewalten zum Angriff auf die Stadt. Die Stadt hielt mit versteinertem Gleichmut dagegen. Verzweifelte Menschen mit verkniffenen Gesichtern huschten schutzsuchend umher, und die Art, wie sie nach Taxis winkten, war nicht herrisch, sondern bettelnd. Auf einmal machten es die anderen Taxis wie Alan – auch sie ignorierten die jämmerlichen Fußgänger und fuhren mit fest verschlossenen Türen langsam an ihnen vorüber. Man sah, wie die Fahrer sich in ihren Wagen mit selbstgefälliger Miene an der Wärme und dem Radio erfreuten. Alan malte sich aus, sie seien alle nach Zuhause unterwegs. Es war wenig Verkehr, und das Fahren auf der glatten Straße machte Spaß. Alan hatte sein Ziel bald erreicht, parkte auf seinem gewohnten Platz direkt vor der Haustür und ließ den Motor laufen. Er schaltete das Radio ein. Ein Mann erklärte etwas, Wort für Wort und sehr deutlich – ideal für einen Lernenden. Alan gab sich ernsthaft Mühe. *»All experience has shown that mankind ...«*

»Äkspier ...«, versuchte es Alan.

»... are more disposed to suffer, where evils are sufferable.«

»... saffe ... saffer«, sagte Alan. Wie einfach Englisch war! Er konzentrierte sich auf die Stimme und achtete nicht auf die nahende Gefahr. Die Haustür öffnete sich und schloß sich wieder. Mommy und das Hausmädchen überrumpelten ihn, schoben sich von beiden Seiten in seinen Wagen und schlugen die Türen zu. Und ehe er etwas dagegen unternehmen konnte, befahl ihm eine Stimme in scharfem Ton: »Also los!«

Eine von beiden hatte gesprochen, entweder das altmodisch gekleidete türkische Hausmädchen mit seinen klobigen Stiefeln, wahrscheinlich jedoch Mommy, wieder sehr elegant, im langen Persianermantel, eine rote Handtasche auf dem Schoß. Eine von beiden hatte ihm einen Befehl erteilt. Als wäre er ihr Angestellter. Als wäre er einer von diesen *kapüce*, die sich in den teuren Apartmenthäusern von Jung und Alt herumkommandieren ließen. Als wäre er ein Taxifahrer und nicht Alan, bei dessen bloßer Erwähnung manche Viertel von Istanbul in Angst und Schrecken gerieten. Mommy redete englisch auf ihn ein, deutete immer wieder geradeaus und verlangte mit einer heftigen Kurbelbewegung, er solle die Fenster schließen. Und er wußte: Ich muß tun, was sie mir sagt.

»Es ist eiskalt hier drinnen«, sagte Mommy auf türkisch zu ihrer Begleiterin. »Der Kerl ist bestimmt in den Wechseljahren!« Beide lachten laut. Sie glaubten, er könne sie nicht verstehen. Sie beachteten zwar die sozialen Unterschiede – »Türkan«, der Vorname, für das Hausmädchen, und »Ajda Hanim« für die Hausfrau –, aber sie sprachen miteinander wie vertraute Freundinnen und freuten sich gemeinsam darüber, daß sie Glück gehabt und bei einem Schneesturm direkt vor der Haustür ein Taxi gefunden hatten. Der Fahrer war sogar so nett gewesen, sie hereinzulassen, während er bei diesem Wetter doch offensichtlich etwas Besseres zu tun hatte. Im Orient ist Großzügigkeit ein Gebot der Moral, aber in New York macht man sich damit zum Trottel. Alans Fahrgäste hatten lange genug in der Neuen Welt gelebt, sie wußten, ihr Fahrer war gutmütig – den konnte man um den Finger wickeln.

»Laß uns beim Laden vorbeifahren und nachsehen, was mein Mann macht. Wenn er noch zu tun hat, kann ich kurz meine Freundin besuchen. Fahrer! Erst mal zur Fifth Avenue, Ecke Tenth Street und dort anhalten. Dann sehen wir weiter.«

»Und wenn er nicht mehr da ist, Ajda Hanim?«

»Dann müssen wir uns beeilen. Ich möchte unbedingt kurz zu meiner Freundin. Aber er müßte eigentlich noch da sein. Er wollte morgen einen Abschluß über zwei Millionen Dollar machen, aber ich habe Nein gesagt. Die Sache ist geplatzt. Da steht ihm noch eine unangenehme Besprechung mit einem wütenden Kunden bevor.«

»Wieder Teppiche, Ajda Hanim?«

»Ja, natürlich – für zwei Millionen!« Darüber lachten sie mehrere Blocks lang. Dann sagte Mommy: »Dieser Käufer bezahlt nur mit Falschgeld. Er behauptet zwar, es sei absolut sicher und käme direkt aus einer staatlichen Behörde. Ich kann tatsächlich nichts erkennen. Aber ich nehme es trotzdem nicht. Ich will richtiges Geld in der Tasche haben.«

»Tatsächlich? Falschgeld?« stieß das Hausmädchen hervor. »Wie aufregend. Ich habe noch nie welches gesehen.«

»Doch, Türkan, hast du«, erwiderte Ajda Erkal kühl. »Wie auch immer, mein Mann wird das Geschäft jedenfalls absagen. Ich brauche momentan auch kein Geld. Ich brauche etwas ganz anderes – die amerikanische Staatsbürgerschaft und einen Anwalt.«

»Warum denn einen Anwalt, Ajda Hanim? Können Sie nicht den von Ihrem Mann nehmen? Cohn Mister? Ein kluger, fleißiger Mann ... Da ist ja Süleyman Bey! Und er ist allein. Er arbeitet. So fleißig!« schwärmte das Hausmädchen. »Nicht wie mein Mann.«

»Weiter, geradeaus!« rief Ajda Erkal auf englisch. Alan reckte den Hals, um einen Blick auf Süleyman zu werfen, und hätte dabei fast einen in der zweiten Reihe parkenden Lieferwagen gerammt. Seine Fahrgäste kreischten und kicherten, als säßen sie in der Achterbahn: »Zwei Mädels im Wagen, und schon weiß er nicht mehr, wie man mit dem Lenker umgeht.« Alan konzentrierte sich auf die Straße.

»Türkan, ich habe es mir anders überlegt. Warum soll ich überhaupt mitkommen? Du kannst doch die Paßfotos für

58

uns beide abholen. Dann fahre ich jetzt im Taxi weiter, und wir gehen morgen oder übermorgen zur Paßstelle, wenn das Wetter besser ist. Meine Fotos kannst du mir morgen geben. Aber achte darauf, daß sie gut sind, bevor du bezahlst. Ach, was soll's ... sie werden schon gut sein. Und denk dran, niemand soll von unserem kleinen Plan wissen. Vor allem nicht dein Mann. Eines Tages überraschst du ihn dann mit deinem schönen blauen Paß.«

»Ajda Hanim, der Taxifahrer fährt in die falsche Richtung!«

»Mister! Biegen Sie hier ab! (Der ist schwachsinnig, Türkan.)«

»Ah, er hat kapiert.«

»Und jetzt raus mit dir – also, bis morgen! Fahrer, zur Greene Street, Ecke Prince.«

Ajda Erkal ließ sich mit einem Seufzer zurücksinken. Doch dann bemerkte sie das Namensschild des Fahrers. Sie richtete sich wieder auf, und Alan spürte ihren Atem an seinem Hinterkopf. Einen Augenblick lang herrschte Stille, dann sagte sie: »Alan Korkunç? Sind Sie Türke?«

Sie versuchte ihn sich genauer anzusehen und bemerkte, daß die Taxiuhr nicht lief und er von ihr soviel verlangen konnte, wie er wollte. »Ist Ihre Uhr da kaputt?« fuhr sie ihn auf türkisch an. Doch dann wurde ihr klar, daß ihr unglaubliches Glück – das letzte erreichbare Taxi und direkt vor der Tür – in ein unglaubliches Pech umzuschlagen drohte, und sie fügte mit sanfterer Stimme hinzu: »Bist du Türke, Bruder?«

Als er immer noch nicht antwortete, fragte sie noch einmal: »Alan Bey, sind Sie Türke?« Diesmal antwortete Alan auf Englisch.

»*Yes.*«

Sie lehnte sich zurück, und er sah, wie sich ihr schönes Gesicht verfinsterte.

»Wissen Sie, wie Sie zur Prince und Greene Street kommen?«

»*No, Madam.*«

Sie lotste ihn, aber ihre Mundwinkel zuckten, als wäre sie den Tränen nahe. Als sie am Ziel waren, stieg sie aus und kam nach vorn an sein Fenster. Er kurbelte es nach unten. Sie drückte ihm einen Hundertdollarschein in die Hand und sagte so sachlich, als würde sie einem Händler ihre Einkaufswünsche mitteilen: »Ich weiß Ihren Namen und Ihre Taxinummer. Stecken Sie Ihre Nase nicht in fremde Angelegenheiten. Sonst ...«

Er sah in die grellen Scheinwerfer ihrer Augen, tat so, als würden sie ihn blenden, und senkte den Blick. Sie hatte ihre Sicherheit wiedergefunden und ging davon, eine verwöhnte, eigenwillige türkische Zin. Er fand ihre Drohungen hinreißend – so feminin.

In diesem Augenblick klingelte Alans Telefon.

»Wo zum Teufel treibst du dich herum?« fragte Mr. Ballinger. »Machst du eine Stadtrundfahrt?«

Alan entgegnete: »Ich habe zu tun. Ich rufe zurück.«

Ajda Erkal entfernte sich mit beschwingten Schritten, als hätte sie die Angelegenheit schon vergessen, und Alan fuhr weiter. Er bereute, daß er überhaupt mit ihr gesprochen hatte. Er wollte keinen Umgang mit Opfern. Aus heiterem Himmel mußte er kommen, und eine Stimme durfte er gar nicht haben.

Als er wieder in der Garage war, machte er sich wütend über sein Taxi her. Er wollte herausfinden, wo die Wanze saß. Offenbar konnte Mr. Ballinger jeden seiner Schritte verfolgen und amüsierte sich auch noch über seine Schwierigkeiten. Die Wanze mußte gefunden werden. Alan nahm sich die Sitze vor, baute das Radio aus, schraubte die Glühbirnen der Scheinwerfer heraus. Zwei Fingernägel brachen ihm dabei ab – er brauchte dringend eine Maniküre. Aber sein Wille war machtlos, er fand nichts. Sobald sich die Gelegenheit dazu bot, würde er diesem Mr. Ballinger eins auswischen. Und es würde ihm ein Vergnügen sein. Würde, würde, würde.

Er betrat das rote Backsteinhaus, die dunkle Eingangshalle. Aus dem Treppenhaus kamen ihm die Geräusche und Gerüche von brutzelndem Mittagessen entgegen. Die alte Frau war wieder vor ihm, schleppte ihre Einkäufe nach oben. Alan blieb hinter ihr. Aber dann hörte er, wie sie stolperte und einen Schrei ausstieß, und hastete zu ihr. Sie stand an das Metallgeländer gelehnt und hielt sich nur mit Mühe aufrecht. Eine Tüte drohte ihr aus der Hand zu gleiten. Er griff danach. Sie sah ihm zu und schüttelte heftig den Kopf. Er bot ihr seinen freien Arm, und sie nahm ihn. Aber Alan war entsetzt.

Er war nicht nach Amerika gekommen, um anderen Leuten die Einkaufstüten nach Hause zu tragen. Und sich nachher von ihnen einladen zu lassen. Und dann nicht mal ablehnen zu können. »Wollen Sie etwas trinken?« fragte sie ihn auf türkisch, als sie ihre Wohnung betraten.

Eigentlich freute er sich sogar, die Küche wiederzusehen – immerhin etwas, das er erkannte, und Vertrautheit hatte für ihn in letzter Zeit an Reiz gewonnen. Mrs. Allen hatte anscheinend aufgeräumt. Ihre Papiere waren ordentlich gestapelt. Auf dem Tisch war sogar Platz für die Einkaufstüten, und ohne lange zu überlegen, packte Alan sie aus und räumte alles in den Kühlschrank. Er hatte so etwas noch nie getan. Der Kühlschrank erschien ihm lächerlich – nicht mal eine Eiswürfelmaschine. Sie blätterte in ihren Papieren, während er für sie aufräumte.

»Ich schreibe gerade eine Geschichte«, sagte sie. »Sie handelt von einem kleinen Jungen, der in einem Teich einen Molch findet und ihn Gott nennt. Gott wohnt nun also in einem Einmachglas im Zimmer des Jungen. Der Junge liebt ihn sehr. Aber Sie können sich vorstellen, was für Schwierigkeiten er bekommt. Veröffentlicht wird das natürlich nie. Im Land der Freiheit würde keine anständige Zeitung eine Geschichte bringen, die nach Gotteslästerung schmeckt. Ich vermute, Sie sind nicht religiös.«

Alan wurde verlegen. Die meisten Killer, die er kannte, waren gläubig. Sie beteten und traten regelmäßig in Kontakt zu Allah. Ihm kam so etwas höchstens dann in den Sinn, wenn er wieder mal einen Beweis dafür gefunden hatte, daß er gegen das Älterwerden nicht immun war. Allah war eine Art Schlagwort, ein Zitat, das man andauernd hörte, und dieses Schlagwort fiel ihm ein, wenn er ein neues weißes Haar auf dem Kopf oder auf seiner Brust entdeckte. Dann riß er sich das Haar aus. Er duckte sich vor niemandem, warum also vor einer höheren Macht? Falls es eine solche Macht gab, wollte er nichts von ihr wissen. Er hatte auch keine Lust, darüber zu reden. Also blieb er stumm.

»Na, macht nichts. Und jetzt revanchiere ich mich für Ihre Hilfe. Bitte, nehmen Sie Platz.« Sie war sich sicher, daß er akzeptieren würde. »Sie müssen den Sherry von meinem Mann probieren. Mein Mann hätte das gewollt. Er hätte gesagt: ›Zwei Herren, die im Schnee festsitzen, müssen einen Sherry trinken.‹ Aber nun sitzt nicht er im Schnee fest, sondern ich – denn er ist tot.« Ihr Mangel an Sentimentalität

62

überraschte Alan so sehr, daß er nicht protestierte, als sie ihm und, ohne zu zögern, auch sich selbst ein großes Glas einschenkte. Alan zog seinen Mantel aus, hängte ihn über die Rückenlehne des Stuhls und setzte sich. Sie rief: »Ach, herrje, ich habe ja auch noch den Mantel an!« und machte es wie er.

»Und jetzt: Trinken Sie!« sagte sie. Alan kostete den Sherry, sie ebenfalls. Offenbar wartete sie darauf, daß er etwas sagte, und obwohl grundloses Reden gegen seine Prinzipien war, obsiegten seine guten Manieren, und er sagte: »Sehr gut.«

Sie lachte und fügte hinzu: »Sehr gut und sehr billig. Nur fünf Dollar die Flasche.« Dann hob sie ihr Glas und sagte laut: »Prosit!«

Und auch er hob sein Glas und sagte: »*Noş.*«

»Ja, natürlich – *noş.*«

»Wissen Sie«, fuhr sie fort, »das ist das Beste an Amerika – die wichtigen Dinge im Leben sind billig. Dieser Mantel hat nur 9 Dollar 99 gekostet. Ich habe ihn gekauft, als ich herkam, 1950, aus zweiter Hand. Eigentlich ist es ein Frühjahrsmantel. Im Winter ziehe ich darunter einen Bademantel an. Es ist der einzige Mantel, den ich in diesem Land je besessen habe. Aber ich will keinen anderen. Eher würde ich jemanden dafür bezahlen, daß er mir die Besitztümer vom Leib hält.« Alan war erstaunt. Er liebte es, Dinge zu besitzen. Sein Kleiderschrank in Istanbul war zum Bersten gefüllt, und als er das letztemal zählte, hatte er 31 Paar Schuhe sein eigen genannt. Nie hatte er sie als Belastung empfunden. Im Gegenteil, sie waren genau das, worauf es im Leben ankam.

»Woher stammen Sie, wenn ich fragen darf?« fragte sie.

Als Alan, in Gedanken versunken, nicht sofort antworte-

63

te, machte sie sich ihre eigenen Gedanken: »Ach ja, Sie sind Kurde. Das hatte ich vergessen. Ich spreche türkisch mit Ihnen. Wäre Ihnen persisch lieber?« fragte sie in Farsi. Alan kam aus dem Staunen nicht heraus. »Ich finde, Sie sind ein besonders netter Nachbar«, sagte sie auf Arabisch.

»Türkisch ist gut«, sagte er, verblüfft über ihre magischen Fähigkeiten.

»Diese Gegend war früher besser. Heutzutage gibt es hier so viele Durchzügler. Die Nachbarn auf dieser Etage bleiben nie länger als ein paar Wochen, dann verschwinden sie. Vielleicht verschwinden sie auch nicht, vielleicht erkenne ich sie bloß nicht mehr. Eines Tages werde ich meinem eigenen Sohn über den Weg laufen und es nicht merken. Außer, wenn er etwas zu mir sagt. Dann erkenne ich ihn sofort. Sein Aussehen würde mich täuschen. Bestimmt trägt er alle möglichen seltsamen Sachen. Religiöse Fanatiker machen das so. Ich weiß nicht, ob ich es Ihnen schon erzählt habe – seiner ganzen Veranlagung nach war er immer ein Fanatiker. Als Teenager glaubte er inbrünstig daran, seine Schule sei die beste von allen. Ich hasse Institutionen, alle – aber ich hielt den Mund. Im Vorbereitungskomitee für den Schulball kam er sich vor wie in einem Regierungsamt.« In ihren Augen standen Tränen. »Dann ging er aufs College und wurde Leninist. Ein Leninist in Amerika. Er kam nach Hause und hielt Reden. Seinen Vater nannte er ein Kapitalistenschwein, weil er an der Börse spekulierte. Eines Tages sprang er beim Lunch im College auf den Tisch wie auf eine Barrikade und sang ein Revolutionslied, auf russisch. Sein Russisch war ausgezeichnet. Jemand machte ein Foto. Alle Zeitungen brachten es: Ein singender Engel reckt mit hysterischer Miene die Faust. Wie ein Heiligenschein lag das blonde Haar um sein sanftes Gesicht. Er war ein männliches

Ebenbild von mir. Später, nachdem er das College abgebrochen hatte und die Revolution gescheitert war, trat er einer Sekte bei. Sie teilten ihm ein junges Mädchen zu, das er heiraten sollte. Ich mochte sie nicht. Wie denn auch? Sie war ungeheuer primitiv. Sehr dünn. Und spielte Blockflöte. Eines Tages tauchte er hier auf und wollte Geld von mir. Für seinen Orden. Um religiöse Broschüren zu drucken.«

Während sie sprach, tasteten ihre Hände an der Seite des Tisches herum. Schließlich öffnete sie eine Schublade und zog eine Schachtel Cracker hervor. Die Schachtel war fast leer. Sie griff tief hinein, fand noch ein kleines Stück und steckte es in den Mund. »Cracker«, sagte sie, »Cracker sind gut, wenn man weinen muß. Die saugen die Gefühle auf.« Als der Cracker seine Wirkung getan hatte, sprach sie weiter.

»Mein Sohn wollte Geld von uns für seine Sekte. Er wußte, wie sehr ich alles Religiöse verabscheue. Für mich war es wie eine Ohrfeige. Er saß da, hielt uns Vorträge über den Sinn des Lebens und wollte Geld und nochmals Geld. Mein Mann fragte ihn: ›Warum machst du mit meinem Geld nicht irgendwas Vernünftiges?‹ Mein Mann träumte immer davon, sein Geld in eine Tankstelle zu stecken.« Sie fischte den letzten Cracker heraus und aß ihn hastig. »Und dann rollte mein Sohn die Teppiche zusammen, die Teppiche, die wir in Istanbul gekauft hatten. Schöne Teppiche. Die einzigen Besitztümer, die ich wirklich geliebt habe. Jeder Teppich hatte eine besondere Bedeutung für mich. Sein Vater saß im Sessel und sah ihm einfach zu. Ich versuchte ihn aufzuhalten, unseren großen Sohn. Aber er war viel stärker als ich. Er packte mich am Arm und stieß mich weg. Ich mußte mit ansehen, wie er sie aufrollte und zusammenfaltete. Als er ging, hatte er keine Hand frei. Deshalb versetzte er der Tür einen Fußtritt, um sie zu schließen. Ich schrie ihm hinterher: ›Verflucht sollst du sein, wenn du mir je wieder unter die Augen kommst.‹ Wochenlang sah ich die blauen Flecke an meinem Arm. Meinen Sohn sah ich nicht mehr. Nach dem, was ich gesagt hatte, konnte er nicht zurückkommen. Aber einmal, als sein Vater sehr krank war, rief er mich an. Er sei jetzt bei den Hare Krishna. Er wollte wieder Geld. Sie bräuchten es. Ich sagte keinen Ton. Er rief immer wieder: ›Hallo? Hallo?‹ Und wurde immer wütender. Ich hörte zu, lauschte seiner Stimme. Nach einiger Zeit legte er auf. Manchmal halte ich auf der Straße Ausschau nach ihm. Eines Tages wird einer von diesen Männern in Orange auf mich zukommen und zu mir sagen: ›Hallo, Mama.‹ Nehmen Sie doch noch einen Sherry.«

Alan hatte sie nicht gefragt, wie es kam, daß sie Türkisch konnte, aber offenbar erwartete sie diese Frage.

»Mein Mann war Orientalist. Er lehrte in Wien. Als die Nazis kamen, gingen wir nach Istanbul. Mein Mann hatte dort Verwandte. Unser Sohn ist in Istanbul geboren. Was machen Sie eigentlich beruflich?« Als Alan nicht antwortete, wiederholte sie ihre Frage. »Sie sehen aus wie ein Gentleman. Was machen Sie beruflich?«

Alan überlegte. »Ich bin Schauspieler.«

Mrs. Allen war hoch erfreut. »Ach, wissen Sie, Sie und mein Mann sind eigentlich Kollegen. Er arbeitete als Fahrstuhlführer an der Park Avenue. Er sagte immer, dieser Job lasse ihm viel mehr Zeit zum Nachdenken, als er an der Uni je hatte. Er hatte nie viel handwerkliches Geschick, aber zum Knöpfedrücken und Türenöffnen reichte es. Er trug immer dicke Handschuhe. Ich habe sie aufgehoben. Die meisten Mieter behandelten ihn mit dem größten Respekt. Weil er nie schwatzte. Er spielte den perfekten, ungebildeten Türsteher. In Wirklichkeit war er ziemlich reich, wegen seines Hobbys. Aktien. Er kam von der Arbeit nach Hause und sagte: ›Meine Mieter ahnen nicht, daß ich fünfmal, zehnmal soviel Geld habe wie sie.‹ Wir haben es nie ausgegeben. Wir haben uns abstrakt darüber gefreut. Große Zahlen können sehr befriedigend sein.«

Sie hatte eine zweite Schachtel Cracker geöffnet. »Ich stelle mir vor, am schwierigsten wird es für Sie sein, sich an das ständige Beten hier zu gewöhnen. Die Politiker sind noch schlimmer als die Geistlichen. Gott hier und Gott da, den lieben langen Tag, und selbst die intelligentesten Leute stören sich nicht daran. In der Türkei ist die Trennung zwischen Religion und Staat klarer als hier. Das war vielleicht ein Schock, als wir in die Vereinigten Staaten kamen und ich mir die erste amerikanische Münze ansah. ›In God we trust‹ steht da drauf. Man kann sich nicht mal einen Kaugummi kaufen, ohne das Wort Gott in die Finger zu nehmen. Und wer sind die überhaupt, diese ›Wir‹? Gestern hat es in einer Fabrik in Chicago einen Großbrand gegeben, also spricht der Präsident im Radio und im Fernsehen zur Nation, und was sagt er? – ›Ich kann den Hinterbliebenen nur versichern – an diesem Abend beten alle Amerikaner für Sie.‹ Also, ich habe schon mal nicht gebetet. Bin ich deshalb keine Amerikanerin?« Ihre Stimme bebte, und sie nahm einen Cracker. »Mein Mann hat diese amerikanische Art immer verteidigt. Er sagte, die Amerikaner glaubten nicht stärker an Gott als ich; Gott sei für sie einfach eine Formel für gutes Benehmen und Glück im Leben – und was denn daran falsch sei? Einmal haben wir uns so laut über Amerika gestritten, daß die Nachbarn die Polizei riefen. Wie haben wir gelacht! Dann starb er, und seither schreibe ich Geschichten über Gott. Gewissermaßen, um den Streit am Laufen zu halten. Aber ich langweile Sie. – Sie interessieren sich wahrscheinlich eher für die politische Lage im Nahen Osten. Amerika hat die Kurden verraten und verkauft. Aber das wissen Sie ja.«

Als Alan nichts erwiderte, sprach sie weiter – darüber, daß Amerika den Kurden im Irak Waffen liefere und sie zum Kampf für ein eigenes Land ermuntere, nur um Saddam Hussein an seiner Westgrenze zu beschäftigen – lauter Dinge, von denen Alan nichts hören wollte. Mitten in einem langen, verwickelten Satz stand er auf, um sich ihr Wohnzimmer anzusehen. Es ähnelte der Küche. Der Fußboden kahl, die Wände mit Büchern bedeckt. Ein Doppelbett stand mitten im Raum, daneben ein altes Radio. In eines der Bücherregale war ein Fernseher gequetscht. Das einzige Buch in Alans Istanbuler Wohnung war das Telefonbuch. Aber Bildung bewunderte er. Mrs. Allen folgte ihm in das Zimmer und entschuldigte sich dafür, daß sie ihn gelangweilt hatte. Er zeigte auf den Fernseher. »Darf ich?« fragte er und schaltete ihn ein.

»Oh, bitte nicht«, protestierte sie – aber nur halbherzig. Sie wollte ihrem Gast nichts abschlagen. Aus dem Fernseher drang vorfabriziertes Gelächter. Sie lauschte. Jemand erzählte einen langen Witz. Dann lachte sie. »Es ist ziemlich komisch, wirklich.« Sie kam näher. Sie stand jetzt vor dem Fernseher und lachte wieder. »Ich wußte gar nicht, daß Fernsehen so komisch sein kann«, sagte sie. »Kommen Sie, wir sehen es uns mal einen Moment an. Man nennt das *sitcom*, weil man sich beim Zuschauen hinsetzen soll.«

Und so kam es, daß Alan und Mrs. Allen den Abend vor dem Fernseher verbrachten und sich mehrere *sitcoms* ansahen. Sie setzten sich allerdings nicht – Mrs. Allen wollte nicht zugeben, wieviel Spaß es ihr machte, und Alan wollte nicht unhöflich sein. Also standen sie sich vor dem Fernseher die Beine in den Bauch. Schließlich hatte Alan genug. Das Zimmer bot keine andere Zerstreuung. Bloß diese überquellenden Bücherregale. Und ein altes Foto, das auf einem Nachttisch neben dem Bett stand. Ein kräftiger junger Mann trug einen kleinen, blondgelockten Jungen auf den Schultern. Sonst gab es nichts Besonderes, keine Souvenirs, die Alan für sein eigenes Wohlbefinden so wichtig erschienen.

»Ich muß gehen«, sagte er. Sie schaltete den Fernseher aus und lachte verlegen. »Schreckliches Zeug. Aber mit Ihnen zusammen ist es amüsant. Wenn ich Enkel hätte, müßte ich mit denen fernsehen. Wahrscheinlich habe ich sogar Enkel. Mein Sohn müßte inzwischen Kinder haben. Aber ich werde sie nie kennenlernen. Wenn in der antiken Literatur eine Mutter feststellt, daß ihr Sohn böse ist, dann entschließt sie sich zu sterben. Ich habe mich entschlossen, zu leben.«

Das Wort »böse« gefiel ihm nicht. Ihn interessierte auch nicht, wie andere über das Sterben dachten, und schon gar nicht, wie alte Leute darüber dachten. In Istanbul galt Altsein als unschick, und die Betroffenen blieben unter sich. Er hatte mit ihnen nie etwas anfangen können. Aber sie waren ihm auch nie besonders lästig erschienen. Beruflich hatte er kaum mit ihnen zu tun, und in seinen Kreisen kamen sie nicht vor. Er hatte sie vergessen. Aber Mrs. Allen besaß eigenartige Fertigkeiten. Er fragte sich, ob sie mit dem Alter zusammenhingen.

»Bis dann ... und danke«, sagte er und näherte sich der Tür. Er wollte nicht zusehen, wie sie hinter ihm aufräumte.

»Ich nehme an, Sie sind ein vielbeschäftigter Mann«, sagte sie. »Aber ich bin auch eine vielbeschäftigte Frau. Trotzdem, ich hoffe, wir sehen uns wieder.«

Er sah sie aufmerksam an. Seine Miene versicherte ihr, daß es ihm bei ihr gefallen hatte und daß er wiederkommen würde. Als er vor der Tür zu seiner Wohnung stand, klingelte sein Telefon. Es war Mr. Ballinger, der wissen wollte, wie der Tag verlaufen war. Es sei sehr interessant gewesen, sagte Alan, ohne auf Einzelheiten einzugehen. Er sei im Zeitplan, und Amerika sei kein Problem. Dann legte er auf.

Ein paar Jahre vorher hatte er mal einen Job in Amerika abgelehnt. Die Bezahlung war gut gewesen, aber er hatte keine Lust zum Reisen gehabt. Statt dessen war ein Kollege aus Istanbul für einen Tag nach New York geflogen – als Geschäftsmann, der einen Termin hatte. Und genau das war er ja auch: ein Geschäftsmann mit einem Termin. Er hatte eine Adresse in New York, die Straße, das Haus, die Nummer des Apartments. Er brauchte nur zu klingeln, den Mann, der aufmachte, niederzuschießen, und das nächste Taxi zum Flughafen zu nehmen. Dieser Killer hatte kein Wort Englisch gesprochen, genau wie Alan. Aber das erklärte nicht seinen Fehler. Kein Mann, sondern eine Frau hatte die Tür geöffnet, und es waren noch fünf andere Leute in dem Wohnzimmer gewesen. Er hatte sie alle erschossen, um sicherzugehen. Natürlich kam die Polizei nicht auf die Idee, ihn mit dem Verbrechen in Verbindung zu bringen, und er kehrte unbehelligt nach Hause zurück. Seine Auftraggeber waren wütend auf ihn. Er hatte sich in der Nummer des Apartments geirrt, und sie mußten einen zweiten Mann schicken. Die Sache mit dem vermasselten Job hatte sich bestimmt herumgesprochen, und deshalb ließen Alans Auftraggeber ihm nun ein paar Tage Zeit, seine Opfer kennenzulernen. So dachte Alan am Beginn seiner dritten Nacht als unbewaffneter Mann in Amerika.

Und was tut man als unbewaffneter Mann ohne Fernseher und Radio, sogar ohne Comic-Heft und Waffenzeitschrift in einer Stadt, in der man niemanden kennt außer sich selbst? Man vergnügt sich allein. Unendliche Möglichkeiten eröffnen sich dem, dessen Körper stets ein treuer Gefährte des Gehirns ist. Alans *kir* war immer munter und für Vergnügungen jederzeit zu haben. Alan hatte andere Männer über die Faulheit und Unzuverlässigkeit ihrer Gefährten klagen hören, seiner jedoch ruhte nie. Als er sich auf die Liege legte, versprach ihm sein *kir* einen Weitschuß, der einen Fleck an der Decke hinterlassen würde, wie ein *çiğköfti*. Alan stellte sich vor, wie sich, wenn er seinen Job erledigt und dieses Apartment verlassen hatte, der Fleck über Mr. Ballinger heimlich lustig machen würde. Der *kir* hielt allerdings nichts von Gedanken an Mr. Ballinger und begann zu schmollen.

Alan entschuldigte sich und zog im Geiste ein Mädchen hinzu – eines von denen, die seine Annäherungsversuche früher zurückgewiesen hatten. Ein hübsches Mädchen, das einem Ehemann etwas Kostbares zu schenken hatte. Alan hatte sie nicht überreden können, es ihm zu überlassen. So schenkte sie es ihm seit Jahren immer wieder, mal auf diese, mal auf jene Weise, in seiner Phantasie. Immer sträubte sie sich und war schüchtern, und er behandelte sie verächtlich. Besonders viel Freude machte es ihm, sie von hinten zu nehmen, während sie in wildem Protest um sich schlug. Dieser Bezirk stand nicht unter dem Schutz der Familienriten, ein *kir* konnte sich dort umtun, ohne daß ihm nachher die Ehe abverlangt wurde. Hier war kein Umschlag, den man ein für allemal aufriß, nur um darin den Buchstaben des Gesetzes zu finden. Das Gesetz war die Familienehre. Und wer sie verletzte, bezahlte mit seinem Leben. Für das *qunek* galten nicht die gleichen Bestimmungen wie für die *kus,* aber der Weg dorthin war dennoch mühsam. Es war von großen, kurvigen Hindernissen umlagert, den beiden zusammengepreßten Polstern des *qun.* Je kräftiger die Polster, desto schwieriger war es, sie auseinanderzudrücken, desto stärker das natürliche Verlangen des *kir* zu obsiegen. Manchmal war ein Mädchen willig, und der Mann brauchte keine Gewalt anzuwenden. Er konnte das *qunek* nach Belieben bewundern, seine Tönung – gute Teppiche aus Van hatten manchmal die gleiche kräftige Farbe. Dann konnte ihn nichts mehr hindern, weiter vorzudringen – in die Enge des Heiligtums dahinter. Beim Eintritt wurde er fast überwältigt von den Weihrauchdüften, dieser Mischung aus süßen und beißenden Gerüchen. An diesem abgelegenen Ort verschmolzen Gleichklang und Mißklang, erzeugten gewaltige Wogen von Empfindung, unerträglich starke Gefühle der Faszination und des Abscheus, die so heftig waren wie der zugleich lustvolle und schmerzhafte Druck auf etwas, das dort nicht leicht hineinpaßte und bald ausgepreßt war.

Der *kir* zielte zur Decke. Er traf die Wand neben dem Bett.

Seit seiner Kindheit hatte sich Alan für den *qun* interessiert. Einen nackten hatte er zum erstenmal gesehen, als er seine ältere Schwester belauerte, wie sie auf dem Abort hinter dem Haus hockte. Doch dieser Körper war ihm verboten, und so hielt er sich an die weniger gut geschützten *quneks* der örtlichen Damenwelt – Esel, Hühner, Schafe. Seine erste Erfahrung als Mann machte er mit einem hübschen braunen Mutterschaf. In den langen Sommerferien schickte man ihn eines Tages zu einem erwachsenen Vetter, der als Hirte arbeitete. Sie hatten einen angenehmen Vormittag miteinander verbracht, und als er mit der Zeit immer unruhiger wurde, hatte sein Vetter gesagt: »Warum versuchst du es nicht mal mit der da drüben? Die ist wirklich nett.« Er blieb mehrere Wochen bei diesem Vetter und langweilte sich nie. Als er wieder bei seiner Großmutter war, fand er in einer Zeitung die Anzeige einer Fluggesellschaft. Eine Stewardeß in einer enganliegenden Uniform und mit einer Art Papiermütze auf dem Kopf zeigte auf eine Weltkugel. Ihr Rock reichte bis knapp über die Knie. Ein Stück Wade war sichtbar und der Knöchel eines Fußes, der in einem Pumps verschwand. Die Anzeige war in schwarzweiß, aber er stellte sich vor, wie weiß diese Wade auch in Wirklichkeit war – und wie nackt. Als er sich vor lauter Bewunderung nicht mehr halten konnte, lief er hinaus und besuchte die Eselstute der Familie. Sie war alt und bockte nie. Mit der einen Hand hielt er ihren Schwanz hoch, mit der anderen die Stewardeß und tat mit der Eselin nach seinem Willen. Eines Tages erschien ein Mann aus dem Dorf auf dem Feld und ertappte den Jungen in flagranti. Alan blieb mit gesenktem Kopf stehen, während der ältere Mann mit schweren Schritten auf ihn zukam. Er war nicht wütend – Kinder waren eben Kinder –, er wollte das Bild sehen. Auch Alan waren, als er älter wurde, Frauen viel lieber.

Nun lag er auf dem Bett und freute sich über den Anblick der Pfütze an der Wand. Erstklassiger Stoff. Plötzlich kam ihm ein seltsamer Gedanke. Ein Mann hatte immer nur eine gewisse Menge von dieser Flüssigkeit in sich. Vielleicht war der Vorrat überhaupt begrenzt. In seiner Jugend hatte er ungeheure Mengen davon hergegeben, hatte sie buchstäblich verschleudert. War es möglich, daß der Körper sie irgendwann nicht mehr produzieren konnte? Er beschloß, einen Neuanfang zu machen und in dieser Hinsicht sparsamer zu wirtschaften. Enthaltsamkeit war ein Zeichen von Charakterstärke. Er war schon im voraus stolz auf sich.

Seine Gedanken wendeten sich der Arbeit zu. Sein erster
Mord fiel ihm ein. An einem Hahn. Er hatte ihn getötet, weil
der Hahn einen gebrochenen Flügel hatte und Schmerzen
litt. Er trug eine Krone aus rosaroter Haut auf dem Kopf
und hatte seine letzten fünf Hahnenkämpfe siegreich und
unversehrt bestanden. Er war das Liebste, was sein Vater
besaß. Der Junge hatte ihm den Hals umgedreht, nochmal
und nochmal. Der Hahn protestierte nicht, er war ge-
schwächt. Alan hatte sich nie gefürchtet, durch die Hand
eines anderen zu sterben. Gleichzeitig war er fest überzeugt,
daß er, im Unterschied zu seinen Eltern, in einem Bett
sterben würde. Aber deswegen waren ihm Betten nicht un-
lieb. Für ihn war Sterben etwas völlig Normales – wie Atmen und dann nicht mehr atmen. Kein Anlaß für Gefühls-
ausbrüche. Und Angst davor hatte er schon gar nicht. Für
ihn war der Hahn das Symbol eines harmonischen Todes. Er
dachte oft an diesen Hahn. Er hatte ihn erwürgt, als sein
Vater tot war und der lebende Hahn seinem Vater nichts
mehr nützen konnte. Zuerst hatte er ihm den Flügel gebrochen. Er wußte, sein Vater, wo immer er war, würde diesen
Vogel bei sich haben wollen.

4.

Der nächste Morgen begann in Verwirrung: Beim Aufwachen wußte Alan nicht, wo er war. Bestürzt sah er sich um, sah die schmuddeligen Wände, die Plastikmöbel, das schmutzige Fenster – bis ihm der Fleck an der Wand das Werk seiner Hände in Erinnerung rief. Da kehrte in einer Anwandlung von Stolz und dann Bedauern die Orientierung zurück. Noch einmal nahm er sich vor, von nun an Maß zu halten. Und sich auf seinen Job zu konzentrieren. Er wollte aufstehen. Aber die Strömung im Bett zog ihn nach unten. Er machte Schwimmbewegungen. Schließlich bekam er seine Hose zu fassen, die sauber gefaltet neben dem Bett auf dem Fußboden lag, und zog seinen Taschenspiegel aus der Gesäßtasche. Auf dem Rücken treibend, prüfte er die Falten auf seiner Stirn und um die schwarzglänzenden Augen und die Schlaffheit auf seinen Wangen, die er seit einiger Zeit beobachtete und die nun die Vitalität seines zwei Tage alten *simbêltuj* beeinträchtigte. Dessen Ränder zeichneten sich jetzt klarer ab. Sein Haar lag als schütterer Flaum auf dem Kissen. Die Sterblichkeit stand ihm nicht, und die Eitelkeit trieb ihn aus dem Bett, ins Bad. Während er sich rasierte, wuchs seine Unzufriedenheit. Einer plötzlichen Eingebung folgend, stutzte er die Spitzen seines Schnurrbarts, verwandelte ihn in einen *simbêltapan*. Den Streifen in der Mitte würde er wieder wachsen lassen. Besser so. Er machte sich auf den Weg zum Donut-Shop.

Das Wetter: heiter und der Jahreszeit entsprechend kalt. Pat arbeitete in der Morgenschicht. Er bestellte »*One donut, and coffee, please*« – fast ein vollständiger Satz – und wartete auf Beifall. Doch sie erkannte ihn vor lauter Hochmut gar nicht wieder, forderte ihn nicht auf, seine Schulden vom ersten Abend zu begleichen, bemerkte nicht, wie gut sein Englisch geworden war, und erwiderte auch nicht sein schmeichelndes Lächeln. Alan hatte keine Lust, ihr bei der Arbeit zuzusehen – er nahm sein Frühstück und ging.

Nach seinen abendlichen Aktivitäten fühlte er sich ein bißchen schlapp. Weiche Knie, als litte er an Muskelschwund. Doch dann rief er sich zur Ordnung. Nicht Überanstrengung raubt dem Mann die Kraft, sondern Pflichtvergessenheit. Während dieser ersten drei Tage hatte er noch immer nicht das Haus betreten, hatte keine Vorstellung davon, in welchem Zimmer er sich seine Leute vornehmen würde. Er sollte sie nach Einbruch der Dunkelheit überraschen, wenn der Hausherr auf dem Weg nach Istanbul war. Also mußte er sich im Dunkeln zurechtfinden können. Wenn ein Killer seinen Job ordentlich machen will, muß er die Örtlichkeit genau kennen – muß wissen, wo die Betten stehen, wie die Schranktüren auf- und zugehen. Er muß sich im voraus mehrere Verstecke und mindestens einen zusätzlichen Fluchtweg überlegen, für den Fall, daß etwas schiefgeht. Und er muß wissen, wo das Bad ist – für nachher. Denn das Bad muß er nachher in jedem Fall benutzen.

Alan Korkunç nahm es mit seiner Arbeit genau. Er war selbstkritisch. Er hatte sich unter Kontrolle und bestritt seinem Puls das Recht auf Beschleunigung. Doch der nahm es sich bisweilen trotzdem – zu Alans Ärger. Wenn man einen Job im voraus bis in die kleinsten Einzelheiten plant, gibt es nachher weniger Überraschungen und keine Emotionen. Beim Töten fühlte sich Alan nicht anders als ein Bankbeamter beim Geldzählen oder ein Gemüsehändler, der Grünzeug verpackt.

Deshalb machte er sich nun auf den Weg zu seinem gewohnten Parkplatz vor dem Haus. Er hatte die Fenster
seines Taxis geöffnet, und die frische Luft kam mit solcher
Kraft herein, daß seine Ohren und seine Nase knallrot wurden. Als er in die Straße einbog, sah er schon von weitem die
Kinder auf der Treppe vor dem Haus, hinter ihnen das
Hausmädchen. Türkan schwankte unter dem Gewicht eines
Schlittens, während die Kinder vor ihr die Stufen hinunter-
hüpften. Alan gab Gas, schoß an dem Haus vorüber und
hoffte, daß Türkan ihn nicht erkannt hatte. Sein Puls ging
mit ihm durch.

Die Straße endete einen Block weiter an einem Park. Dort
hielt er an und beobachtete im Rückspiegel, wie Türkan und
die Kinder näher kamen. Er sah, wie das Hausmädchen aus
der Ferne einen Blick auf sein Taxi warf, und fuhr weiter,
kurvte ziellos in der Gegend herum. Schließlich kam die
Inspiration zu ihm – wie ein später Gast, der ein Geschenk
mitbringt. Er fuhr nach Hause zurück.

Seine Namensvetterin war nicht überrascht, als er bei ihr
klingelte. Sie bat ihn in die Küche, schob Papiere beiseite
und machte Platz für den üblichen Lunch. Schon machte sie
sich an einer Sardinendose zu schaffen, da legte ihr Alan eine
Hand auf den Arm und schüttelte den Kopf. »Nein, *Xalti*«,
sagte er. *Xalti* bedeutet »verehrte Tante«. Er zeigte sein
betörendstes Lächeln. »Können Sie mir helfen, den Esel aus
dem Dreck zu ziehen?«

»Du meine Güte«, erwiderte sie. »Ich fühle mich geschmeichelt. Es ist lange her, daß mich jemand um Hilfe
gebeten hat.« Trotzdem stand sie da wie angewurzelt und
studierte sein Lächeln. Er entspannte die Mundwinkel ein
wenig, nahm ihr die Sardinendose behutsam aus der Hand
und fügte hinzu: »Ich lade Sie auch zum Essen ein.«

Ihr rosa Mantel hing über einem Stuhl. Er hielt ihn ihr hin wie ein Gentleman. In ihrem Mantel kannte sie sich aus und glitt mühelos hinein. Er half ihr die Treppe hinunter. Sein Taxi hatte er vor dem Haus abgestellt, in der zweiten Reihe.

Sie wollte sich nach vorn neben ihn setzen, aber er schüttelte den Kopf und bat sie, hinten Platz zu nehmen: »Wie ein richtiger Fahrgast.«

Sie schien enttäuscht, aber sie fügte sich. »Stellen Sie lieber die Taxiuhr an. Sonst werden Sie noch verhaftet, weil Sie mich schwarz in der Gegend herumfahren«, sagte sie von hinten. Sie beugte sich nach vorn und zeigte ihm, was er tun mußte. Er hatte noch gar nicht daran gedacht. Mit laufender Uhr und einem Fahrgast im Wagen ließen ihn die Fußgänger sofort in Ruhe.

Sie redete. Erzählte ihm, Autofahren sei der große unerfüllte Wunsch ihres Lebens. Aber ihr Mann habe nichts davon gehalten. Er habe gesagt: »Fahren wir etwa selbst die U-Bahn oder den Bus? Na also, das überlassen wir anderen. Und genauso können wir auch das Autofahren anderen überlassen.« Eine Woche nach dem Tod ihres Mannes hatte sie sich in einer Fahrschule angemeldet. Sie war damals siebzig. »Wenn man in Amerika vor die Tür geht«, erklärte sie Alan, »gehört ein Auto einfach dazu. Die Leute steigen in ihre Autos wie in einen Mantel. Ohne Auto ist man nackt.« Sie nahm Fahrstunden, aber bei der Prüfung fiel sie wegen ein paar kleiner Fehler durch. Die habe sie bloß gemacht, weil der Prüfer im Wagen war. Weil er ihr das Fahren nicht zutraute und sie nervös gemacht, abgelenkt habe – es war seine Schuld. Siebenmal sei sie inzwischen durchgefallen. »Weil sie ein Vorurteil gegen alte Leute haben«, schimpfte sie. »Dabei hätten sie mir mein Alter gar nicht angesehen – wenn ich kein weißes Haar hätte.«

»Eines Tages bringe ich Ihnen das Autofahren bei«, versprach Alan.

»Nicht nötig«, entgegnete sie. »Ich kann fahren. Der Staat läßt mich bloß nicht. Noch nicht!«

Sie hatten den Park in der Nähe des Hauses der Erkals erreicht. Er sah die beiden Kinder auf einem Schlitten einen Hang hinunterrasen. Türkan beobachtete sie von oben, angstvoll angespannt. Alan fuhr zum Haus zurück. Seiner Passagierin sagte er, er habe eine Besorgung zu machen. Falls die Polizei käme, solle sie sie verscheuchen, sich eine Entschuldigung ausdenken. Der Fahrer hole ihr gerade Herztropfen, oder so etwas. »Ich brauche keine Herztropfen«, entgegnete sie. »Nicht mal meine Hände zittern. Ich lasse mir was Besseres einfallen. Ich werde ihnen sagen, Sie holten mir gerade etwas zu lesen. Ich habe heute noch gar nicht in die Zeitung gesehen.«

»Später«, versprach er und ließ sie in seinem Taxi sitzen, bei laufendem Motor und eingeschaltetem Blinker. Mit ein paar Schritten war er am Gittertor. Im Haus klingelte das Telefon. Niemand nahm ab. Er stieg die Stufen hinauf und öffnete die Haustür mit seinem Schlüssel. Türkan hatte vergessen, die Alarmanlage einzuschalten. So brauchte er sich darum nicht zu kümmern, sondern konnte gleich mit der Erkundung des Hauses beginnen.

Ein fremdes Haus zu betreten war für Alan immer das Unangenehmste an einem Job. Du weißt ja, er ging nie gern zu anderen Leuten. Aber wenn er erst mal drinnen war, nahm ihn seine Aufgabe völlig in Anspruch, und es machte ihm nichts mehr aus, daß er gewissermaßen zu Besuch war. Er entwickelte sogar ein professionelles Interesse an den

Möbeln, überlegte sich, wie er sie in seine Pläne einbeziehen konnte. Er hatte schon in ein paar sehr eleganten Häusern gearbeitet. Wenn er den Auftrag hatte, mit maximalem Effekt zu töten, achtete er trotzdem darauf, daß seine Opfer nicht gerade auf einem schönen alten Teppich standen. Mit Ledermöbeln verhielt es sich anders: je teurer sie waren, desto leichter ließen sie sich nachher wieder reinigen. Das Haus der Erkals war, wie sich herausstellte, mit Teppichboden ausgelegt. Alan fand Teppichboden unhygienisch und geschmacklos – Massenware. Der Teppich im Wohnzimmer war weiß wie ein unbeschriebenes Blatt Papier. Er schrie geradezu nach einer dunkelroten Signatur.

Das Sofa, aus mehreren Elementen zusammengesetzt, bot Platz für mindestens acht Personen – die Kissen so dick, daß sie gefährlich aussahen. Ein kleines Kind konnte darin ersticken. Auch eine Möglichkeit. Darauf war in seiner Branche noch keiner gekommen. Es würde sich herumsprechen. Er malte sich aus, wie es auf einen Vater, der nichtsahnend ins Zimmer spazierte, wirken würde. Der gläserne Couchtisch wirkte zerbrechlich – Alan machte sich in Gedanken eine Notiz: kein Gerangel in der Nähe dieses Tisches.

Über der Rückenlehne des Sofas lag ein Gebetsteppich. Alan betrachtete ihn mit neu entdeckter Geringschätzung – mit den Augen von Mrs. Allen. Er fragte sich, ob es das in New York schon gegeben hatte – das Opfer auf dem Gebetsteppich arrangiert. In der Türkei war das ein alter Hut. Süleyman hatte wahrscheinlich davon gehört. Und mit einer Frau würde es sich sowieso nicht gut machen. Damit waren die Möglichkeiten, die das Wohnzimmer bot, erschöpft.

Er kehrte in den Flur zurück, ging an der Treppe vorbei, die in den ersten Stock führte, und öffnete die Tür zur

80

Gästetoilette. Sehr praktisch. Ein interessanter Blumenduft erfüllte den Raum. Teures Toilettenpapier. Am Ende des Flurs lag ein Eßzimmer, ebenfalls mit weißem Teppichboden ausgelegt, auch hier ein Glastisch, groß und stabil genug für ein Opfer – eine Möglichkeit. Schwingtüren führten in die Küche. Dort hing ein Fernseher unter der Decke, und es gab ein paar andere Apparaturen, die Alan interessierten. Wenn er seinen Job erledigt hatte, würde ihm etwas Zeit bleiben, sich umzusehen. Bestimmt gab es da ein paar Überraschungen, modernste Technik, die in den besseren Kreisen von Istanbul noch nicht angekommen war. Er bemerkte eine Hintertür, die in einen kleinen Garten führte. Daneben mehrere Fenster. Er würde das Licht ausschalten müssen, wenn jemand in der Küche war. Türkan vielleicht. Zum Glück gab es neben der Hintertür einen Schalter. Alan beschloß, das Küchenmesser, das er brauchte, und den Plastikhandschuh, in dem er die Ohren dann verpacken wollte, nicht mitzubringen, sondern sich aus den Beständen des Hauses zu bedienen. Die Handschuhe hatten einen festen Platz am Spülbecken, gleich neben dem Messerhalter. Alan hatte ein sehr gutes Gedächtnis, auch im Dunkeln würde er sich in der Küche ohne weiteres zurechtfinden.

Er trat wieder in den Flur und stieg die Treppe hinauf. Oben war es bunt, aber aufgeräumt. In einem Kinderzimmer sah er zwei kleine Betten und einen großen Fernseher, Spielzeug, Puppen, und im Kinderbadezimmer nebenan hingen Mickymauszahnbürsten über dem Waschbecken. Die Kinder würde er sich in ihren Betten vornehmen. Sie brauchten nicht alles mitzubekommen. An den Wänden des Flurs standen Schränke – die Handtücher darin konnte er vielleicht gebrauchen –, und weiter hinten war noch ein Bad und noch ein Schlafzimmer mit einem bombastischen schwarzen Bett, dazu passenden Kleiderschränken, Frisierkommoden, noch ein Fernseher, und ein weiteres Badezimmer – schwarz gekachelt. Er hatte noch nie ein schwarzes Klo benutzt.

Er zählte die Bäder. Mit der Gästetoilette waren es vier und zwei Schlafzimmer. Das war Luxus. Eines Tages würde er auch so etwas haben. Falls Ajda Erkal im Bett lag, konnte er sie sich dort vornehmen. Die Schuhe mit den hohen Absätzen würde sie nicht anhaben, also würde ihn nichts ablenken. Auf die Schuhe durfte er nicht achten, solange er seine Arbeit nicht getan hatte. Er stellte sich vor, wie er das Zimmer betrat, die Schuhe vor dem Bett sah und kostbare Sekundenbruchteile verlor, indem er sie anstarrte, während ihre Besitzerin einen grauenhaften Tumult anfing. Als er ins Erdgeschoß zurückkehrte, verstümmelte lautes Klingeln die friedliche Ruhe seines Besuchs. Es war das Telefon in seiner Tasche.

Mr. Ballinger. »Na, wie geht's – und wo genau steckst du eigentlich?«

»Danke, gut.« Er war gerade dabei, das Schloß der Hintertür aufzubrechen, behutsam, so daß es nicht auffiel, und zog die Tür dann wieder hinter sich zu. Mr. Ballinger mußte ihn irgendwie beobachten. »Na schön, ich rufe später noch mal an, wenn du weniger beschäftigt bist.«

Auf dem Gartenweg hinter dem Haus war der Schnee nicht gefegt. Die Haushaltshilfe vernachlässigte ihre Arbeit. Seine Schuhe wurden schmutzig. Während er rasch davonging, nickte er den kalten Wänden des Hauses zu: in zwei Tagen würde er wieder da sein, unter anderen Voraussetzungen.

»*Xalti*«, sagte er, »helfen Sie mir, ich muß die Fifth Avenue finden, Ecke Zehnte Straße.«

»Zuerst die Zeitung, wenn's recht ist«, sagte sie. Sie brauchte keinen Stadtplan. Sie zeigte mit dem Finger hierhin und dorthin, und er hielt sich daran. Sie erreichten die Fifth Avenue, und er fuhr so langsam wie möglich, weil er sich angesichts all der Passanten, die ihre Einkäufe machten, plötzlich ausgeschlossen fühlte. »Wenn ich bloß die Zeit hätte, mir ein paar Sachen zu kaufen«, sagte er mit tragischer Stimme. »Seit Tagen laufe ich in denselben Kleidern herum.«

»Kleider sind Handschellen«, erwiderte Mrs. Allen. »Seien Sie froh, daß Sie keine haben.«

»Und Bücher?« fragte er. »Und Papiere? Sind das etwa keine Handschellen?«

»Sie haben recht, natürlich«, antwortete sie. »Komisch, so habe ich das noch nie gesehen. Aber Sie haben vollkommen recht. Ich will sehen, daß ich sie loswerde.«

»Nein, nicht!« rief er entsetzt. »Ihre Bücher sind doch schön. Da ist ein Zeitungskiosk.«

Die Fifth Avenue verlor an Pracht, und sein Neid flaute ab. Die Zehnte Straße war nichts Besonderes. Süleyman Erkals Laden hatte ein großes Schaufenster voller orientalischer Antiquitäten. Alan hielt direkt davor an. Süleyman stand hinter einer Theke. Er sah aus wie ein Verkäufer und war so dick wie des Müllers Huhn. Er sprach mit einem Kunden, der der Tür den Rücken zuwandte. Doch Alan erkannte den Nadelstreifenanzug und das dichte, angegraute Haar sofort: Mr. Ballinger. Er setzte den Wagen so weit zurück, daß er vom Laden aus nicht mehr zu sehen war. »Lesen Sie Ihre Zeitung, *Xalti*«, sagte er. »Ich bin gleich wieder da.« Sie starrte auf die Seiten und hatte dabei ein Auge fest zugekniffen.

Er wechselte auf die andere Straßenseite und beobachtete den Laden aus der Ferne. Früher war Süleyman ein schmaler Mann gewesen, hatte immer hungrig ausgesehen und wie ein Hund, mit seinen baumelnden Ohren. Jetzt wirkte er wohlgenährt und zufrieden. Über den Schläfen hatte er etwas Haar verloren, aber wenig. Er hatte ein paar Falten, aber nicht viele. Die Hängebacken verhüllte er mit einem gelben Schal. Und irgend etwas ärgerte ihn. Sein Mund bewegte sich schnell, er schob das Kinn vor und starrte Mr. Ballinger an, der beschwichtigend eine Hand hob. Dann griff Mr. Ballinger nach einem Paket, das er zwischen die Beine geklemmt hatte. Er hielt es Süleyman hin, dessen Miene sich plötzlich veränderte. Der Zorn legte sich. Der Geschäftsmann wirkte jetzt unsicher. Schließlich kam er hinter der Theke hervor und schüttelte Mr. Ballinger die Hand. Er nahm das Paket, kehrte damit hinter den Ladentisch zurück und riß es mit kindlichem Eifer auf. Das Entzücken verzog sein Gesicht zu einem breiten Lächeln, als zwei riesige Teddybären zum Vorschein kamen. Mrs. Allens Gesicht schwebte über der Zeitung auf ihrem Schoß, aber sie hatte beide Augen geschlossen, sonst hätte er sie später nach ihrer Meinung fragen können. Anscheinend bedankte sich Süleyman jetzt bei Mr. Ballinger. Sie unterhielten sich eine Zeitlang, bis Mr. Ballinger ihm einen Artikel in einer Zeitung zeigte. Wieder wurde Süleyman wütend, und sie fingen an zu streiten. Ihre Hände fuhren in der Luft herum und landeten zu Fäusten geballt auf dem Ladentisch. Mr. Ballinger warf die Zeitung auf die Theke, griff nach seinem Mantel, der auf einem Stuhl gelegen hatte, und stürmte aus dem Laden. Er zog den Mantel nicht an, der Zorn wärmte ihn hinreichend. Er marschierte einfach auf die Fahrbahn und warf dabei einen kurzen Blick auf Alans Taxi. Aber bevor er es genauer betrachten konnte, hielt schon ein anderes Taxi neben ihm. Er stieg ein und fuhr davon. Alan überquerte die Straße wieder und blieb auf dem Bürgersteig stehen, eine Wagenlänge von Süleymans Laden entfernt. Neben ihm hielt eine Limousine.

Süleyman schloß seinen Laden ab. Das Paket mit den beiden Bären hatte er bei sich. Der Schnee auf dem Gehweg war tief. Süleyman ging an Alan vorüber. Seine italienischen Halbschuhe quietschten im Schnee.

Im Schnee quietschende Stiefel waren das erste gewesen, was der Junge durch das Brausen in seinen Ohren gehört hatte, als er in der Schneeverwehung fast ertrunken wäre und der Soldat ihn herauszog. Während dieser Soldat ihn an den Füßen zu seiner Großmutter trug, wurde aus dem Brausen ein Klopfen, aber das Quietschen ging weiter. Seit dem Tod seiner Mutter hatte sich die Großmutter um den Jungen gekümmert. Sein Vater, sein Bavo, war mit den Tieren beschäftigt. An diesem Tag war er auf dem Markt und ahnte nichts von der Notlage, in die der kleine Junge geraten war, spürte anscheinend auch nichts in seinen Knochen, kam nicht früher als sonst nach Hause, kam nicht mal zur gewohnten Zeit. Kam an diesem Tag überhaupt nicht. Während der Junge am nächsten Morgen Großmutters frisches Brot zum Frühstück aß und ihr Schimpfen und Schelten über sich ergehen ließ, hörte er wieder quietschende Stiefel im Schnee, aber diesmal waren es viele. Er ließ seine Großmutter weiterschimpfen und lief zur Tür. Vom Eingang eingerahmt standen dort seine Onkel und ein paar Nachbarn. Auch sie trugen jemanden, jemanden, der schwer war, und dessen Gewicht sie auf ihre großen roten Hände verteilt hatten. Es war Bavo.

Eine Woche vorher hatten Bavo und die anderen Bauern auf dem überfüllten Marktplatz strammstehen müssen, während die Nationalhymne gespielt wurde. Da hatte sich plötzlich eines seiner Schafe losgerissen, war weggelaufen, und er natürlich hinterher. Fünf Soldaten schlugen ihn dafür zusammen, während die Blaskapelle nicht einen Takt der Hymne ausließ. Eine Woche später war dann nachmittags eine andere Form von lokalem Wahnsinn ausgebrochen. Ein Angehöriger des Bruki-Clans hatte ein Mitglied des bösartigen Cumkî-Clans beleidigt – genauer gesagt, der Inhaber des Tabakladens am Dorfplatz hatte einen seiner Angestellten des Diebstahls bezichtigt. Es gab ein großes Geschrei und Gebrüll, davonhastende Schritte und schließlich Stille. Der Markplatz leerte sich, die Leute suchten Deckung. Dann flogen die Steine. Kreuz und quer durch den ganzen Ort hagelte es Steine. Alans Großmutter machte diesem Unfug ein Ende. In diesem Teil der Welt glaubte man, mit zunehmendem Alter wüchsen auch die Zähigkeit, die Weisheit, der Mut. Alte Frauen waren auch dafür zuständig, die Toten zu waschen. Sie waren überhaupt zuständig, Punkt. Unerschrocken, die langen schwarzen Röcke um sich raffend, stapfte Alans Großmutter zwischen den Schneehaufen die Straße entlang, bis sie den Marktplatz, das Epizentrum des Aufruhrs, erreicht hatte. Dort blieb sie stehen, warf die Arme hoch und rief: »Schluß! Hört sofort auf!«

So plötzlich, wie der Kampf begonnen hatte, war er auch vorbei. Männer ließen Steine fallen und kehrten zu ihrer Arbeit zurück, Kinder kamen aus den Häusern und kehrten zu ihren Spielen zurück. Als es dunkel wurde, bezog Alan seinen Posten. Die Großmutter wartete auf ihre beiden Männer, als Alan in die Schneewehe rutschte und von dem Soldaten gerettet wurde. Bavo jedoch kam an diesem Abend nicht von der Arbeit zurück. Am nächsten Tag fand man ihn zwischen zwei Karren in einem Rinnstein; ein Stein hatte ihn am Hinterkopf getroffen, niemand hatte ihn stürzen sehen, und er war erfroren. Die Schuhe, die auf einer Straße in Manhattan quietschten, gehörten einem Mann, der in Kurdistan Militärstiefel getragen hatte. Sie erinnerten Alan daran, wie Bavos Gesicht ausgesehen hatte, nachdem man ihn gefunden hatte – der Mund weit aufgerissen, das Zahnfleisch noch wund an den Stellen, wo man ihm eine Woche vorher die Zähne ausgeschlagen hatte.

Alan fragte sich, was Mr. Ballinger in Süleymans Laden tat und worüber sich die beiden gestritten hatten. Dann rief er sich zur Ordnung: Das ging ihn überhaupt nichts an. Aus welchen Motiven Mr. Ballinger Süleyman bestrafen wollte, war völlig nebensächlich. Zweifellos etwas Politisches. Vielleicht kämpften die beiden um die Weltherrschaft. Sollten sie doch. Er hatte einen Job zu erledigen.

Später, als unser Held ihrer Dienste nicht mehr bedurfte, brachte er Mrs. Allen nach Hause. Er zwängte sich für sie in seine besten Manieren – wie in einen engen Anzug – und verdeckte damit die Gereiztheit, die wie ein häßlicher, jukkender Ausschlag in ihm aufgeblüht war. Es war nicht Mrs. Allens Schuld. So reagierte er immer, wenn er zu lange mit jemandem zusammen war. Trotzdem verharrte er noch mit gekonnter Höflichkeit vor ihrer Wohnungstür, während sie ihm für den Ausflug dankte. Er verharrte auch noch, als sie ihn zum Abendessen einlud, und sogar so lange, bis sie, nachdem er den Kopf geschüttelt hatte, mit den Ausdrücken ihres Bedauerns am Ende war. Doch schließlich sagte sie *goodbye* und machte seinem Ausharren ein Ende. Er trat einen Schritt zurück, und schon der Anblick der ins Schloß fallenden schwarzen Eisentür besänftigte ihn. Als er sich umdrehte, fiel ihm etwas auf. Ein Lichtstreifen lief senkrecht an einer Seite seiner eigenen Tür entlang. Ein Türspalt. Was hatte er zu bedeuten? Die Tür war nicht richtig geschlossen. Jemand war in seiner Abwesenheit durch diese Tür gegangen. Ohne lange nachzudenken, kehrte Alan auf die Straße zurück. Er würde noch Zeit genug haben, herauszufinden, warum seine Tür offenstand. Möglicherweise war immer noch jemand drinnen. Vielleicht der Hausmeister. Oder Mr. Ballinger. Warum hatten sie ihm keine Pistole gegeben?

Er schlenderte zum Broadway und dann stromaufwärts. Abfall in Rot, Weiß und Blau lag auf dem Gehweg und im Rinnstein herum. Überall *yam-yams.* Auf der anderen Straßenseite waren es anscheinend weniger. Er ging hinüber. Auch dort *yam-yams,* munter und fröhlich. Sie fühlten sich hier zu Hause. Ihnen aus dem Weg zu gehen, war zu umständlich, und andere Risiken kamen hinzu. Viele Gehsteige in New York haben auf einer Seite Metallgitter. Das sind die Kiemen dieser Stadt – mit denen atmet sie. Hoffentlich bleibt dir dieses Erlebnis erspart: wie New York ausatmet – in gewaltigen, heißen Stößen, die nach Bahngleisen und Kaugummi stinken. Die Erde bebt und rumort. Die Stadt hat ihren eigenen Rhythmus. Sie wartet, bis ein Mädchen vorbeikommt, dann pustet sie los, daß es dem Mädchen den Rock über den Kopf reißt. In New York gibt es sogar ein Wort dafür, wenn Leute die nötige Umsicht und Erfahrung mitbringen und sich von den Gittern im Gehsteig fernhalten – man sagt, sie seien *street wise.* Aber Alan war nicht *street wise,* und schon bald umflatterte ihn sein Mantel, als wollte sich die Stadt über den leichten Stoff lustig machen. Hätte man Alans Nerven hören können, wäre der Lärm noch größer gewesen. Am Ende der Straße sah er vor sich eine Kuppel und orientalische Spitztürme. Eine Moschee.

Er blieb stehen. Von der stählernen Brandschutztür ging ein stilles, würdiges Willkommen aus. Er nahm die Einladung an und trat ein, wollte auf den Teppichen neben anderen Männern niederknien, wollte sich zusammen mit ihnen verbeugen, wollte Zwiesprache mit dem Schicksal halten, wollte fragen, was es mit ihm vorhatte und so weiter, vielleicht auch ein paar Vorschläge machen. Beten eben. Als er noch klein gewesen war, hatte ihn ein Onkel einmal mitgenommen, und er hatte sich geschmeichelt gefühlt. Es hatte ihm gefallen, mit den anderen Männern die rituellen Bewegungen zu vollführen, mit ihnen niederzuknien. Aber noch mehr hatte es ihm gefallen, mit den erwachsenen Männern im Kaffeehaus zu sitzen, mit ihnen aufzuspringen und zu johlen, wenn sie vor dem einzigen Fernseher im Ort saßen und sich ein Fußballspiel ansahen. Jedenfalls war sein Onkel offenbar zu dem Schluß gekommen, daß dieser Junge für die Religion nicht taugte, denn er hatte ihn kein zweites Mal eingeladen. Vierzig Jahre später betrat Alan nun aus freien Stücken wieder eine Moschee. Warum denn auch nicht? Es sah ihm ja keiner dabei zu, den er kannte.

In dem dunklen Vorraum konnte er eine Schwingtür erkennen. Er ging hindurch in einen düsteren Saal. Erst nach einiger Zeit sah er, daß die Gemeinde an einer Seite des Saals in Reihen Platz genommen hatte. Er schob sich auf den ersten leeren Stuhl, den er fand. Er sah sich nicht um. Aber er betete auch nicht. Wenn man einen zufriedenen Mann zu frommen Betrachtungen nötigt, denkt er unweigerlich darüber nach, was alles schiefgehen könnte – während der unzufriedene Mann darüber nachdenkt, was alles besser laufen könnte. So werden sie einander ähnlicher. Aber Alan war durch seine Arbeit geschult – er dachte nicht über sich nach. Eine Zeitlang war er einfach nur da: ein Mann auf einem Stuhl.

Er haßte jedoch das Sitzen. Sobald ihm sein Hintern zu Bewußtsein kam, fing er an, sich umzusehen. In der Mitte des Saales, den Betenden zugewandt, stand ein sonderbarer Mann. Er war unmöglich gekleidet – ein unförmiges schwarzes Gewand, dazu eine Art Grubenlampe auf dem Kopf und eine zweite, die er am Oberarm befestigt hatte. Die Unterarme waren in weiße Tücher gehüllt, an denen er ständig herumzerrte. Das heilige Buch lag aufgeschlagen auf einem Ständer vor ihm. Der Fußboden war schäbig, hart und nackt. Alans Gehör schaltete sich ein, und er bemerkte, daß der Mann sang – in Arabisch, wie ihm schien. In der Neuen Welt klang es zwar etwas anders, aber er mochte diese Sprache ohnehin nicht. Wie viele Türken nannte er die Araber verächtlich *Arap* – was nicht nur »schwarzhäutig«, sondern auch »primitiv« bedeutet. Mit geschlossenen Augen wiegten sich die Betenden vor und zurück. Alle hatten die gleichen Tücher um die Arme geschlungen, hatten sich die gleiche Grubenlampe auf die Stirn geschnallt und trugen die gleichen Hütchen. Eine Uniform. Alan haßte Uniformen, gleich welcher Art. Und er wußte, was Mrs. Allen dazu sagen würde. Geräuschvoll stand er auf und scharrte dabei mit dem Stuhl. Es war ihm egal. Auf dem Weg nach draußen erblickte er im Vorraum den Davidstern. Er beschloß, ein bißchen Geld auszugeben. Vielleicht konnte er sich eine Pistole kaufen.

Es gab Kaufhäuser und Fachgeschäfte für alles Erdenkliche, aber keines führte Pistolen. Der gute Ruf, den Amerika in dieser Beziehung bei den Kollegen genoß, war offenkundig übertrieben; selbst das wenige, das er über dieses

Land wußte, erwies sich als falsch. Er legte die Hand auf die linke Brust, wo seines Wissens das Herz schlug, und ließ sie dort – um es am Sinken zu hindern. Er blieb vor einem Geschäft für Herrenmode stehen, und wieder überkam ihn der Kummer. Ihm fiel ein, daß er sich seit Wochen nichts Neues zum Anziehen gekauft hatte. Seine Maßanzüge hingen verwaist in Istanbul. Niemand würde es wagen, sich an ihnen zu vergreifen. Oder? Daran hatte er noch gar nicht gedacht: daß die Polizisten sein Eigentum durchwühlt, verwüstet, untereinander verteilt haben könnten. Vielleicht war der *kapüce* als erster dagewesen und besaß jetzt einunddreißig Paar Schuhe! Ein kleiner Mann mit einem Glasauge. Einmal, als er Alan die Schuhe putzte, hatte er ihm im Vertrauen erzählt, wie er zu seiner großen Sammlung westlicher Marken-BHs gekommen war. Er hatte in einer internationalen Jugendherberge gearbeitet, wo er viele Jahre lang in aller Ruhe aus den Koffern seiner Gäste wählen konnte.

Alans Bedürfnis, sich etwas Neues zu kaufen, wurde immer größer. Er betrat den Laden. Die Angestellten drückten sich irgendwo im Hintergrund herum, also wandte er sich gleich den Anzügen zu, die an einem Gestell hingen. Konfektionsware, grobes Material, wie sein Mantel. Egal. Er nahm einen Anzug heraus, einen hellgrünen Dreiteiler. Ein grauenhaft gekleideter Verkäufer näherte sich und zeigte dem einzigen Kunden den Weg zu einem Verschlag mit Vorhang. Drinnen ein hoher Spiegel. Alan betrachtete sich kritisch. Der Schnurrbart gedieh prächtig. Seine Figur weniger: sie war nicht mehr so muskulös wie früher, seit er so plötzlich mit dem Gewichtheben aufgehört hatte. Er ließ seine Hose sinken und schimpfte auf seine Beine – ihr seht aus, als gehörtet ihr zu einem kleinen Jungen! Sein *kir* hielt sich versteckt. Rasch streifte er die grüne Hose über. Viel zu weit, *canê*, sagte er zärtlich zu sich selbst. Aber die billige Jacke sieht gut aus. Bringt die kantigen und trotzdem breiten Schultern gut heraus. Grün war kühn. Auf den Preis achtete er nicht; das tat er nie. Wenn er etwas wirklich wollte, dann zahlte er, was es kostete, ohne lange zu überlegen. Aber bei Grün war er sich unsicher, ob es nicht geschmacklos war – die Farbe des Islam –, und so verließ er den Laden, ohne etwas zu kaufen.

Er wollte nach Hause, aber seine Beine waren irgendwie verunsichert und zitterten ein bißchen, verweigerten die Zusammenarbeit und lieferten ihn bei einem Hutgeschäft ab. Dort probierte er ein paar Hüte, die aber leider alle viel zu klein waren. Erst als er sah, wie die Verkäuferinnen die hübschen Gesichter zusammensteckten und ihn auslachten, begriff er, daß es Damenhüte waren. Ganz Amerika lachte ihn aus.

Wieder trat er den Heimweg an. Ihm war sonderbar zumute. Er konnte das Gefühl nicht definieren. Es hatte keine klaren Umrisse, es war weder Bauchschmerz noch Krampf. Eine schwarztröpfelnde Mißstimmung, die aus dem Kopf in den Magen sickerte und von dort in die Beine. Die Beine trugen ihn zwar immer noch, sogar in einem ziemlichen Tempo, aber in die falsche Richtung, den Broadway hinauf. Er rannte jetzt praktisch, und erst vor einem Lebensmittelladen gelang es ihm, anzuhalten. Er achtete nicht auf die Früchte, die er noch nie gesehen hatte und die er deshalb unter normalen Umständen als erste gekauft hätte – sie hatten exotische, kostspielige Namen wie »Papaya« und »Mango«. Statt dessen kaufte er ein paar einfache Bananen und Äpfel und freute sich sehr an ihren Reizen. In seiner Brieftasche hatte er noch viele große Geldscheine, und seine Beine hatte er wieder unter Kontrolle.

Aber nirgendwo ein Waffengeschäft. Die Stadt keuchte durch die Metallgitter im Gehsteig. Er erkannte den Eingang zur U-Bahn. Die U-Bahn konnte ihn irgendwo andershin bringen. Aber er war noch nie U-Bahn gefahren. Auch die *tünel* in Istanbul hatte er sich nie angesehen, obwohl die Leute auf das alte Schmuckstück sehr stolz waren. Er machte sich nichts aus Antiquitäten. Ankara dagegen hatte eine nagelneue U-Bahn, aber die hätte seiner Karriere eines Tages fast ein Ende gemacht.

Er war so dumm gewesen, in Ankara einen Job anzunehmen, bei dem er sich seine Zielperson in aller Öffentlichkeit vornehmen sollte – in einer U-Bahn-Station, bei Hochbetrieb. Kaum hatte er seine Aufgabe erfüllt, da fuhr ein Zug in die Station. Die Türen sprangen auf, die Menschenmenge schob den Killer mitsamt seinem toten Opfer hinein und drückte sie an die Tür, während die Bahn weiterrumpelte. Alan wäre bei der Enge fast ohnmächtig geworden, und beim nächsten Halt schaffte er es nur mit Mühe aus dem Zug. Der Tote wurde beim Öffnen der Türen niedergetrampelt, und als man die Leiche schließlich entdeckte, glaubten alle, der Mann sei an einem Herzanfall und den anschließenden Fußtritten gestorben. Als öffentliche Hinrichtung war der Job jedenfalls kein Erfolg gewesen.

Für Alan zählte diese Episode nicht als U-Bahnfahrt, und so brüstete er sich weiter damit, daß er in seinem ganzen Erwachsenenleben noch nie ein öffentliches Verkehrsmittel benutzt habe. Einen Bus hatte er zum letztenmal von innen gesehen, als er von seinem Dorf am Berg Ararat nach Istanbul gefahren war. Mit tränenfeuchtem Gesicht hatte seine Großmutter ihn und seinen kleinen Plastikkoffer zur Busstation gebracht. Er dagegen hatte kein einziges Mal geweint – nicht, bevor der Bus aus der Stadt gerollt war. Dann allerdings weinte er zwei Tage und zwei Nächte, so lange, wie die Reise nach Istanbul dauerte. Er war gerade fünfzehn geworden. Sein Onkel sollte ihn in Istanbul abholen, und als er nicht auftauchte, wischte sich der Junge die Augen und half sich selbst. In Wirklichkeit hatte Alan keine einzige Minute nach seinem Onkel Ausschau gehalten. Kaum war der Bus angekommen, hatte er sich im Gewühl verdrückt. Der Onkel war Straßenhändler. Er hatte Arthritis und wollte, daß der Junge seine Arbeit übernahm und Melonen verhökerte. Alan hatte die Großmutter nachher nie wiedergesehen, nie mehr mit ihr gesprochen. Sein Versprechen, sie anzurufen, hielt er nicht. Er plante immer eine Rückkehr mit Stil – im eigenen Mercedes, vollgepackt mit Geschenken. Aber er hatte nie die Zeit gefunden. Jetzt hatte er Zeit, jede Menge Zeit, wie ein Berg faulendes Obst, darin bestand sein Reichtum.

Der bloße Gedanke an eine Busfahrt ließ einen Busbahnhof auftauchen – ein dunkler, schmuddeliger Klotz, der vor ihm aufragte. Ein Wink des Schicksals? Alan ging hinein und studierte die Fahrpläne. Die Tüte mit Lebensmitteln umklammerte er wie einen Talisman. Die Sachen gehörten ihm, er konnte sie aufheben oder verzehren. Sie würden für einen Tag reichen, und ein Tag würde reichen, um anderswo hinzukommen. Er konnte einen Bus besteigen und wegfahren. Verschwinden. Aber wohin? Der einzige Name, den er auf der riesigen Anzeigetafel wiedererkannte, war Washington. Außer der Hauptstadt und New York kannte er nur noch eine amerikanische Stadt – Hollywood. Aber Hollywood kam in den Fahrplänen nicht vor. Die Enttäuschung darüber schmerzte. Immerhin wußte er, daß es in Amerika diese drei Städte gab, aber wenn Hollywood gar keine Stadt war, die man besuchen konnte, dann blieb von seinem Wissen über Amerika noch weniger übrig. Jemand war in sein Apartment eingedrungen.

Noch nie hatte er irgendwelche Vorahnungen gehabt, von denen andere Leute berichteten, wenn irgend etwas schiefgelaufen war. Nicht die geringste Vorahnung bei seiner Festnahme, nichts. Aber jetzt stieß ihn etwas an, zupfte an seinen Nerven, ein Gefühl, das mit Instinkt zu tun haben mußte. Er verließ den Busbahnhof, und als er an einem Kino vorbeikam, ging er hinein. Eigentlich ging er nur ins Kino, um seinem *kir* eine Freude zu machen. Hier jedoch konnte er nicht mal erkennen, ob der Film dazu taugte. Er versuchte es auf gut Glück – und wurde enttäuscht. Es war ein Film, wie sie manchmal im Fernsehen liefen. Viel langweilige Landschaft – Wiesen und Seen – und schwafelnde Leute, die Gesichter mal so, mal so beleuchtet. Keiner starb, und die wenigen Liebesszenen ärgerten ihn, weil sich die beiden nur küßten – etwas, das er weder gern tat noch gern sah. Sein Mund war zum Essen da. Er machte ein Nickerchen, bis der Film zu Ende war. Als er aus dem Kino kam, war es Nacht. Er fühlte sich erleichtert und ging nach Zuhause.

Die Tür stand noch immer einen Spaltweit offen, aber der helle Streifen war verschwunden. Das Licht in seinem Apartment war also offenbar ausgeschaltet. Er konnte sich nicht vorstellen, daß dort jemand im Dunkeln saß. Er trat ein. Er hörte nichts. Er schaltete das Licht im Flur und in der Küche ein – niemand – und näherte sich vorsichtig dem Wohnzimmer. Niemand. Im hellen Schein der Lampen kehrte er in die Küche zurück und entdeckte auf dem Küchentisch die türkische Zeitung. Er streckte die Hand aus und fühlte drinnen die Pistole.

Er schlug die Zeitung auf. Die Pistole steckte in einem Lederhalfter und lag direkt auf dem Schwarzweißfoto von einem türkischen Soldaten, der zwei abgeschlagene Kurdenköpfe hochhielt. Wer brauchte denn ein Halfter? Er nahm die Pistole heraus, und ihm sank das Herz. Eine Smith and Wesson. Das Ordinärste vom Ordinären. Vielleicht hielt man in Amerika mehr von ihr als anderswo. Sie war schwer, silbern und schwarz, und das Visier schimmerte im Dunkeln grün. Alan verspürte plötzlich Zuversicht und Freude. Er stolzierte herum, wedelte mit der Pistole wie eine Tänzerin mit einem Taschentuch und ließ den Oberkörper nach kurdischer Art kreisen. Dazu sang er das Lied von Xelef, der mit einem Schwert aus Gold und Silber gegen die Türken gekämpft hatte und sich mit gutem Grund »der Größte« nennen konnte. Plötzlich hielt Alan inne. Ihm war etwas eingefallen. Er zog das Magazin aus der Waffe. Es war sehr leicht. Er öffnete es und nahm die Kugeln heraus, um sie zu zählen. Es waren nur vier.

Das Lieblingswerkzeug des Killers war die 32 ACP Walther. Er hatte sich eine gekauft, nachdem er zum erstenmal bei einer Frau gewesen war. Mit den Schulkameraden hatte er Schlange gestanden. Der Nachmittag war kalt gewesen. Er hatte Mantel und Schuhe anbehalten. Und dann war sein *kir* eingeschlafen. Die Frau hatte ihm den Kopf gestreichelt und gesagt, er solle es noch mal probieren, und als sich herausstellte, daß die Sache hoffnungslos war, hatte sie ihm sein Geld zurückgegeben. Es dauerte mehrere Jahre, bis der *kir* das verwunden hatte und einen neuen Versuch machen wollte. Noch am gleichen Abend investierte Alan das Geld, das er an diesem peinlichen Nachmittag gespart hatte, in seine erste Walther. Und seither faszinierte ihn der Name: Walther, ein deutscher Name, so glanzvoll wie Mercedes oder

BMW. Er hatte nie eine andere Waffe benutzt. Er nahm die Smith and Wesson und sprach zu ihr: Der Vier-Zoll-Lauf der Walther gibt mehr Treffgenauigkeit und ist trotzdem nicht schwerer. Die Halbautomatik und die Schlagbolzensicherung sind schnell und geradezu narrensicher, verglichen mit dem, was du alberne kleine Amerikanerwaffe zu bieten hast. Die Walther hat hervorragende ballistische Eigenschaften. Von dir habe ich so was noch nie gehört. Das Kupfermantelgeschoß der Walther schält sich beim Auftreffen zurück, während der Bleikern weiter vordringt. Das bedeutet: sauberer Einschuß, auch auf kurze Distanz, und kein Gespritze. Und du, was kannst du? Du bist nicht besser als eine Beretta, wahrscheinlich nur auf drei Meter genau und gerade mal stark genug, eine Katze abzuknallen.

Er nahm das Halfter und schleuderte es gegen die Wand. Ein amerikanisches Kitschbild: der Killer mit dem Pistolenhalfter unter der Achselhöhle. Einer Smith and Wesson war es wahrscheinlich egal, wenn sie in Schweiß baden mußte. Er schob die Pistole hinten in seine Hose. Da saß sie sicher. Warum nur vier Kugeln? Trauten sie ihm nicht? Oder waren sie von seinen Schießkünsten derart überzeugt? Er hatte noch nie mit einer Smith and Wesson geschossen. Dabei ist es mit den Pistolen wie mit dem Geigespielen – kommt man ein bißchen aus der Übung, hat man schon verloren. Zu Hause hatte er immer fleißig geübt. Er hatte mit einer 22er Automatik angefangen, hatte sich dann zu den schwereren Kalibern vorgearbeitet und dabei eine Menge Munition verbrannt. Es war ein Vergnügen gewesen, seinen Fingern – jeder ein eigener Charakter, eine besondere Persönlichkeit – bei der Arbeit zuzusehen. Seine Hoffnung, hierzulande einen Maniküresalon zu finden, schwand.

An diesem Abend brachte Alan seine Fingernägel selbst

in Ordnung – mit einem Küchenmesser. Bis spät in die Nacht machte er sich mit der Pistole vertraut, zielte auf den Styroporbecher, den er auf den Tisch gestellt hatte, und hörte, weil er keine andere Wahl hatte, Mrs. Allens Radio zu. Er beschloß, sein Leben zu ändern und bei seiner Lebensweise anzufangen – von nun würde er morgens früher aufstehen. Er würde energischer auftreten. Die Vorstellung, daß er auf diese Weise ein besserer Mensch werden würde, gefiel ihm sehr. Erst als die Musik nebenan längst aufgehört hatte, ging er zu Bett.

5.

Die Mittagssonne kitzelte ihn wach und zeigte ihm einen neuen Fleck an der Wand. In seinen Beinen spürte er die Spannkraft offener Schnürsenkel; wieder hatte er Energie verschleudert. Kaltes Wasser würde weiterhelfen. Der *simbêltapan* ärgerte ihn: ein Schuhkarton auf seiner Oberlippe. Er rasierte ihn an den Seiten, schrägte die Kanten und teilte ihn, indem er in der Mitte, unterhalb der Nase, eine schmale Trennlinie freilegte. Ein *simbêlniviʂt* – sehr würdig. Solchermaßen für den Tag gerüstet, klopfte er bei Mrs. Allen.

»Noch ein Esel im Dreck steckengeblieben?« fragte sie erfreut. Zu den Veränderungen in seinem Gesicht äußerte sie sich nicht. Sie flatterte in ihrem Apartment umher, griff nach Hut, Mantel, Zeitung und einem Taschenbuch, das langweilig aussah, weil auf dem Umschlag bloß Schrift war – kein Bild. Wieder fuhren sie zu Süleyman Erkals Haus, aber diesmal drehte Alan nur in einem fort Runden um den Block. Er hatte die Taxiuhr nicht abgestellt, und der Betrag wuchs ins Erhebliche. Mrs. Allen hockte auf dem Rücksitz und strahlte. Das Buch hielt sie auf dem Schoß und den Kopf darüber – ein Auge geschlossen, das andere einen Spaltweit geöffnet, ein schmaler Splitter Blau. Es sah aus, als würde sie schlafen, aber von Zeit zu Zeit blätterte sie um.

Bei einer seiner Runden sah Alan, wie vor dem Haus ein roter Sportwagen hielt. Zuerst erschienen zwei blankgeputzte Schnürschuhe, dann folgten Jeans mit Bügelfalte und schließlich eine Sportjacke. Der Träger verfügte offenbar über so viel Vitalität, daß er keinen Mantel brauchte. Sein lockiges Haar und das Durchschnittsgesicht waren gepflegt, aber um Mund und Augen lag ein wilder, streitlustiger Ausdruck. Er stürmte auf das Gittertor los. Alan drehte sich nach Mrs. Allen um und weckte sie aus ihren Träumen. »Können Sie mir sagen, ob das ein Amerikaner ist oder ein Ausländer?« Im gleichen Augenblick, als der junge Mann das Tor passierte, öffnete sich oben die Haustür und Ajda Erkal erschien – sie sah sich besorgt um und war offenbar in Eile, denn während sie die Treppe herunterkam, zog sie sich noch ihren Pelzmantel an. Sie trug die herrlichen Stöckelschuhe, und ihre Beine glitzerten.

Sobald der Besucher sie erblickte, veränderte sich seine Miene. Die Gesichtszüge ordneten sich zu dem, was man ein sanftes Lächeln nennt. Im Dunkeln hätten seine Augen geglüht. Er erreichte den Fuß der Treppe und tat etwas Seltsames – er streckte die Hand aus. Mann und Frau gaben einander förmlich die Hand. Doch dann ließ Mann Fraus Hand nicht los, sondern drehte sich um und zog Frau hinter sich her, durch das Tor, zum roten Wagen. Er öffnete ihr die Wagentür, und während sie zuerst einen Fuß hineinsetzte und sich dann langsam auf den Vordersitz schob, fragte er laut (so laut, daß ihr Finger – Pst! – an die Lippen fuhr, aber ohne etwas zu bewirken): »Alles in Ordnung, Ajda?«

Sie nickte, preßte die Lippen zusammen, setzte sich mit einer Drehung der Hüften. Er stand neben der Tür, sah auf sie hinunter und wiederholte eindringlich: »Alles in Ordnung, Ajda, meine Kleine?«

Sie hob den Kopf und sagte hastig: »Ja, Davie, alles in Ordnung.«

»Das freut mich.« Er rührte sich noch immer nicht.

»Jetzt geht es mir gut«, fügte sie hinzu.

»Das klingt schon besser, Schatz«, sagte er laut und schloß endlich ihre Tür.

»Er ist Amerikaner. Er heißt Davie. Wie sie heißt, weiß ich nicht«, sagte Mrs. Allen, die beflissene Helferin.

»Sie heißt entweder Mommy oder Ajda«, erklärte ihr Alan.

»Wahrscheinlich sagen manche Mommy zu ihr und andere Ajda«, meinte Mrs. Allen. »Und Sie, was würden Sie zu ihr sagen?«

»Ich rede nicht mit ihr«, erwiderte er. So unauffällig wie möglich schob er sich hinter Daves Sportwagen. Dave hatte sich ans Steuer gesetzt, und der Wagen schoß davon. Alan hatte Mühe, mitzuhalten. Sie fuhren bis in ein Viertel, von dem Mrs. Allen behauptete, es sei bei jungen Leuten sehr beliebt. Dort fuhr Dave in ein Parkhaus, und Alan folgte ihm. Diesmal wurde er nicht abgewiesen. »Zwölf Dollar die Stunde! Das ist aber sehr teuer!« protestierte Mrs. Allen.

»Ich habe genug Geld«, murmelte Alan und kurvte durch das Parkdeck.

»Ich auch«, meinte Mrs. Allen, »und zwar deshalb, weil ich meinen Wagen nicht in einem Parkhaus abstelle.«

»Sie haben gar keinen Wagen«, erwiderte Alan.

»Und ich bin auch zum erstenmal im Leben in einem Parkhaus«, sagte sie erfreut. Der Sportwagen vor ihnen fand einen Platz, Alan nicht. Er mußte noch zwei Etagen weiter hinunter fahren und hatte es jetzt eilig. Er half seiner Beifahrerin aus dem Wagen und lotste sie dann durch die gewundenen Gänge zum Ausgang. Den Aufzug wollte er trotz allem nicht benutzen – was ihr nur recht war. Sie wollte etwas von der Gegend mitbekommen. Zum Glück trödelten die beiden Verfolgten noch auf der Straße herum. Sie hatten die Köpfe in einer heimlichtuerischen Weise zusammengesteckt, die Alan absurd erschien, als verhandelten sie über den Verkauf irgendwelcher illegaler Waren – bloß daß sie dabei immerfort kicherten. Von Zeit zu Zeit sah sich Ajda verstohlen um. Schließlich zeigte sie auf ein Café. Sie traten ein.

Alan und Mrs. Allen blieben ihnen auf den Fersen. Das Café war nicht voll, so konnten sie sich an einen Tisch setzen, der nur durch einen Gang von dem der beiden anderen getrennt war. Alan war sich sicher, daß Ajda Erkal ihn nicht wiedererkennen würde. Er wußte aus Erfahrung: nicht seine Kleidung macht den Mann, sondern die Umgebung. Und für Ajda war er ein Taxifahrer. Mrs. Allen studierte die Speisekarte. »Wundern Sie sich eigentlich nicht, daß ich keine Brille brauche?« fragte sie. Es war ihm aufgefallen, aber gewundert hatte es ihn nicht. Es war ihm gleichgültig. Sie sprach über eine Operation, über ihr gutes Auge und wie kostbar es für sie sei. Und dann erzählte sie, wie sie immer einmal in der Woche mit ihren Bridgepartnern essen gegangen war. Unter dem Tisch hielt Ajda Daves Hand. Tränen liefen ihr über die Wangen. Da tauchte Daves Hand aus dem Versteck unter dem Tisch auf, nahm eine Serviette und tupfte die Tränen voller Ehrfurcht ab. Wieder sah sich Ajda um, um sicherzugehen, daß niemand sie beobachtete, dann beugte sie sich zu Dave hinüber und küßte ihn auf die Lippen – kurz, aber intensiv. Mrs. Allen hatte sich umgedreht und musterte die Torten in einer Vitrine hinter ihr. Als Übersetzerin fiel sie aus. Aber dank der klaren Körpersprache beider Beteiligter bekam Alan das Wesentliche des nun anhebenden Gesprächs auch so mit. Du willst bestimmt wissen, was sie sagten.

Ajda Erkal sprach leise und unter Tränen, das heißt, sie sang vielmehr – immer wieder: »Ich halte es nicht aus, ich halte es einfach nicht mehr aus.«

Und ebenfalls singend erwiderte Dave: »Noch eine Nacht. Bloß noch eine Nacht.«

Ajda protestierte: »Bloß noch eine Nacht? Am Abend vor

einer Reise will er immer ... er wird mich küssen ... Er wird mich umarmen. Gestern abend hat er mich schon geküßt, weißt du. Auf den Mund. Was soll ich machen? Schließlich bin ich mit ihm verheiratet, und ich bin ein höflicher Mensch.«

Es war deutlich zu sehen, wie bei dieser letzten Mitteilung ein Ruck durch Dave ging. Er fuhr Ajda an: »Der Mistkerl! Du hast hoffentlich nicht mitgemacht. Was hast du getan?«

Ajda Erkal lachte unter ihren Tränen und flocht – auf der Tischplatte, so daß jeder es sehen konnte – ihre Finger zwischen seine. »Ich habe ihm gesagt, ich hätte meine Tage.« Wieder flossen Tränen, während Dave ihre Hände knetete. Er machte ein hilfloses, aber selbstgefälliges Gesicht.

»Du mußt Geduld haben, Liebling«, tröstete er sie. »Nur noch eine Nacht. Dann noch einen halben Tag, und er ist weg. Und wenn er zurückkommt, bist du weg. Und wir sind für immer zusammen.«

»Glücklich vereint!« sagte sie, und ihre Miene hellte sich auf.

Mrs. Allen wandte sich von den Torten ab und nahm sich wieder die Speisekarte vor.

»Hören Sie zu, was die beiden miteinander reden«, flüsterte Alan, »und sagen Sie mir nachher, worum es geht.«

»Haben Sie schon etwas ausgesucht?« fragte sie. »Wo ist eigentlich der Kellner?«

Ajda Erkal hatte sich beruhigt. Sie sprach jetzt nüchtern und praktisch. »Ich schaffe die Packerei nicht allein, schon gar nicht in so kurzer Zeit. Ich überlasse alles den Umzugsleuten. Sie kommen am Samstagnachmittag, bevor Türkan Schluß macht. Freitag abend fahren wir einfach zu dir, und ich gehe am Wochenende noch mal vorbei und sehe nach, ob sie auch alles mitgenommen haben. Türkan läßt die Packer rein.«

Anscheinend mißfiel Dave die Erwähnung eines neuen Namens. »Türkan? Wer ist Türkan?« fragte er mißtrauisch.

Ajda schien von seiner Eifersucht gerührt. »Ach Davie, Türkan ist bloß das Hausmädchen.«

Er entspannte sich. »Ach so. Aber wird sie sich nicht wundern?«

»Und ob! Entsetzt wird sie sein. Sie betet ihn an.«

Argwohn umwölkte Daves Stimme. »Bestimmt wird sie versuchen, dich aufzuhalten.«

Ajda schüttelte beschwichtigend den Kopf. »Aber wie denn, Liebling? Unmöglich. Nein, sie wird ihm die schlechte Nachricht überbringen müssen. Ich werde ihr sagen, das gehört zu ihrem Job.«

Dave sah sie gespannt an. »Sag es mir, ich will hören, wie du es der Schlampe sagst. Auf türkisch. Ich will es hören. Jedes Wort.«

Mrs. Erkal tat ihm den Gefallen und sagte auf türkisch: »*Türkan hanam,* lebwohl. Wir ziehen aus. Ich habe genug von ihm, auch wenn er mit dem Präsidenten befreundet ist und alles Geld dieser Welt hat. Es wird ein kleiner Schock für ihn werden, aber ich will davon nichts mitbekommen, ich bin keine Sadistin. – Ist das okay so, Davie?« fragte sie, nun wieder auf englisch.

Dave küßte leidenschaftlich ihre Hand. »Wunderbar. Deine Lippen sehen so niedlich aus, wenn du dieses Kauderwelsch sprichst. Und was sagst du zu dem alten Mann, wenn er anfängt zu betteln, wenn er dir alles verspricht – alles, was du willst, damit du zurückkommst?«

Mrs. Erkal stimmte ein Lied an. »*Guele guele sana yolun çik olsum …*« (Was soviel heißt wie: Lebwohl, mein Lieber, möge dein Weg immer frei sein.)

Dave ahmte sie nach – wiegte sich hin und her und sang, was er von ihrem Lied verstanden hatte: »Bla, bla, bla.«

Sie erhoben sich ein wenig von ihren Plätzen und küßten sich über den Tisch – ein glückliches Paar. Mrs. Allen beäugte wieder mit gierigem Blick die Torten. Alan stand abrupt auf und gab ihr mit einem Wink zu verstehen, sie solle ihm folgen. Der glühende Kuß würde so bald nicht enden. Abstoßend. Mrs. Allen war enttäuscht, wegen der Torten. Ein letzter langer Blick in die Vitrine, dann sah sie das leidenschaftliche Paar und flüsterte Alan zu: »Ist die Liebe nicht wunderbar?«

Draußen begann sie zu berichten. »Sie hat vor, ihren Mann zu verlassen. Hoffentlich ist er nicht zu sehr dagegen. Sonst könnte ihr noch einiges bevorstehen. Vielleicht bricht er zusammen und heult.«

Alan wollte eine vollständige Übersetzung des Gesprächs, und wie sich herausstellte, hatte sich Mrs. Allen tatsächlich jedes Wort gemerkt. »Warum interessiert Sie das so?« wollte sie wissen.

»Weil ich ihren Mann kenne«, entgegnete er.

»Und mögen Sie ihn?«

»Überhaupt nicht«, sagte Alan.

»Na, dann tut sie ja das Richtige«, sagte Mrs. Allen einfach. »Sollen wir nicht doch ... Kaffee und Kuchen? Ich könnte noch ein bißchen lauschen.«

»Nein, nein, bitte, *Xalti*. Ich will jetzt nach Hause«, entgegnete er – unwirsch aus Verwirrung. Er war in einer verzwickten Lage. Er verabscheute Süleyman Erkal, und er wußte: Nichts, aber auch gar nichts konnte diesen Mann tiefer verletzen als die Erkenntnis, daß seine Frau ihn betrog. Wahrscheinlich würde er einen Killer anheuern und sie umbringen lassen.

Unten im Parkhaus klingelte Alans Telefon. Mr. Ballinger. »Hallo. Wie kommst du klar? In meinen Club willst du nicht mitkommen, aber in der Stadt läßt du anscheinend nichts aus.«

Alan erwiderte: »Genau. Ich kümmere mich um meinen Job, das wollen Sie doch, oder?«

Mr. Ballinger war nicht beeindruckt. »Morgen um Mitternacht muß die Sache erledigt sein«, sagte er, als könnte Alan das vergessen haben.

»Ich weiß. Auf Wiedersehen.«

Als Alan sich umdrehte, sah er, daß Mrs. Allen ihm neugierig zugesehen hatte. »Steigen Sie ein!« fuhr er sie an. »Wir fahren los. Wir haben kein Benzin mehr.«

Die Aussicht auf einen Besuch bei einer Tankstelle gefiel ihr. »Ah ja, Benzin!« Sie zog das Wort in die Länge: »Benziiien.«

Später, als Alan tankte, erging sich Mrs. Allen in lauter Oohs und Aahs über diese wunderbare Einrichtung. Sie erklärte ihm, der Tankwart sei Ausländer, und die Möglichkeiten, hier neben Autoartikeln auch alles mögliche andere zu verkaufen, seien offenbar grenzenlos. Sie bat ihn, das Benzin bezahlen zu dürfen, schließlich sei sie auf seine Kosten durch die ganze Stadt kutschiert. Aber Alan lehnte ab. Statt dessen kaufte er ihr eine Cola und ein abgepacktes Schokotörtchen. Es schmecke köstlich, verkündete sie kauend.

Obwohl Alan nun schon mehrere Stunden zusammen mit Mrs. Allen verbracht hatte und langsam unruhig wurde, war es seine Idee, mit ihr noch einen Spaziergang zu machen. Er brauchte ein bißchen Pistolentraining. »Sagen Sie, *Xalti*, gibt es hier Stellen, wo keine Leute sind?«

Mrs. Allen überlegte. »Früher sind wir immer zu dem kleinen roten Leuchtturm gegangen.«

Als sie Zuhause erreicht hatten, wollte sie unbedingt im Wagen sitzenbleiben und mit ihm zusammen in die Tiefgarage abtauchen. Sie nötigte ihn auch noch, mit ihr den Aufzug nach oben zu nehmen, indem sie behauptete, sie sei für die Treppe zu erschöpft. Doch dann stellte sich heraus, daß sie vor allem wissen wollte, wie ein Aufzug in einer Tiefgarage aussah. Diesmal machte die enge Kabine Alan wenig aus, denn seine Begleiterin sorgte für Ablenkung – sie ließ ihre Zeitung fallen, und die löste sich prompt in ihre verschiedenen Teile und einzelne flatterhafte Seiten auf. Alan mußte alles wieder einsammeln.

Auf der Straße schlug Mrs. Allen eine andere Richtung als die nach Zuhause ein. Er faßte sie beim Arm und fragte: »Aber *Xalti,* wo wollen Sie denn hin?«

»Sie haben doch gesagt, Sie wollten in einen Park.«

Sie lotste ihn einen gepflasterten, fast zugewachsenen Weg entlang, der steil abwärts zum Fluß führte. Auf seine Hilfe war sie nicht angewiesen. Ihre Turnschuhe waren für diese Expedition besser geeignet als seine Schnürschuhe. Schließlich kamen sie an eine Schnellstraße, die auf Stelzen am Fluß entlang verläuft und einen tiefen, auf Spaziergänger ziemlich abschreckend wirkenden Schatten unter sich wirft. Der Weg führt jedoch unter der Straße hindurch, und wenn man einfach weiter auf den Fluß zugeht, hat man den Schatten bald hinter sich und kommt ins Paradies. Nur wenige New Yorker kennen es, und diese wenigen wollen meist bleiben – sie schaffen ihre Habseligkeiten her, schlagen zwischen den Büschen ihre Zelte auf oder bauen sich aus Blechabfällen kleine Hütten, um fortan frei und unbeschwert hier zu leben. Eine Anschrift haben diese Leute nicht, Post bekommen sie keine, und Besuch ist selten. Neuankömmlinge wie Alan und seine alte Nachbarin sind ihnen nicht willkommen, vor denen verstecken sie sich. Die Vegetation schützt sie vor Voyeuren, sogar im Winter. Und der dröhnende Verkehr auf der Schnellstraße schützt sie akustisch. Auch wenn man sich die Lunge aus dem Leib schreit – niemand hört einen. Für Gespräche ist in diesem Paradies kein Platz. Mrs. Allen sprach trotzdem, während sie die Schnellstraße hinter sich ließen. Und als sie schließlich das baumlose Ufer des Hudson und den riesigen Fuß der Brücke erreicht hatten, konnte Alan auch wieder verstehen, was sie sagte. »Berglandschaften sind mir lieber. Wo ich herkomme, da gibt es Berge. Die Alpen. Da konnte man etwas finden, was heute Seltenheitswert hat – Stille.«

»Von den Alpen habe ich gehört«, sagte er und sah über das Wasser, in dem schmutzige Eisschollen trieben, nach den grauen Steilhängen am anderen Ufer. »Aber unsere Berge sind höher.«

»Und die Berge in Amerika sind schöner«, erwiderte sie. »Ich meine nicht die im Hinterland von New York, die Catskills, die sind einfach bloß peinlich. Sagen Sie mal – fühlen Sie sich eigentlich noch nicht als Amerikaner? Das Recht dazu haben Sie, wissen Sie das? Das ist das Beste an diesem Land. Die Leute berufen sich hier zwar ständig auf Gott und auf ihre nationale Überlegenheit und schwadronieren dauernd auf diese penetrante, verblendete Art von Demokratie – aber gegen Neuankömmlinge haben sie nichts. Kommen Sie, wir gehen zu dem roten Leuchtturm da drüben.« Sie deutete auf ein Türmchen unterhalb der großen Brücke. »Draußen im Westen sind die Berge viel eindrucksvoller als alles, was man in der Türkei finden kann. Eines Tages will ich sie sehen, das ist mein Traum. Wenn ich meinen Führerschein habe, fahre ich hin. Dann ist mit New York endgültig Schluß.« Er machte keinen Hehl aus seiner Skepsis, und das traf sie. »Sie glauben wohl, ich sei einfach – ich weiß nicht. Alt. Ich weiß schon, Sie meinen, ich sei alt. Stimmt's?« Das Wort »alt« kostete sie einigen Mut.

»Nein, überhaupt nicht«, erwiderte er.

»Sie sind selbst nicht mehr der Jüngste, ist Ihnen das klar? Sie werden sehen: noch ein paarmal aufgewacht, dann sind Sie siebzig. Aber bis dahin habe ich New York längst hinter mir. Demnächst mache ich die Prüfung, und noch am selben Mittag habe ich einen eigenen Wagen. Vielleicht so einen wie Sie. Und abends bin ich weg. Dann können Sie und der Bridgeclub sehen, wo ihr bleibt.«

Besonders traurig machte ihn diese Aussicht nicht. »Seien Sie still, *Xalti*«, sagte er und nahm wieder ihren Arm.

Sie steuerte auf die Brücke zu, die sich hoch über ihnen auf den Fluß hinausschwang. Von unten gesehen hatte diese Brücke die Wucht einer Kathedrale, und jeder, der sich in ihre Nähe traute, kam sich klein und unbedeutend und zufällig vor. Auch der alte rote Leuchtturm auf seinem Felsvorsprung wirkte neben ihr winzig.

»Früher hatte er einen wichtigen Zweck. Jetzt nicht mehr. Heute weiß kaum noch jemand, daß es ihn gibt. Dem ergeht es wie mir.« Sie schüttelte seinen Arm ab und blickte nach oben. Mit verhaltener Stimme summte sie etwas vor sich hin, wollte das Echo prüfen – und wirklich, ihre Stimme kam zurück. Da begann sie mit schriller Zitterstimme laut zu singen: »Freude, schöner Götterfunke, Tochter aus Elysium . . .«

Irgendwoher kannte er die Melodie. Er wandte sich um und entfernte sich in der anderen Richtung. Dann zog er die Pistole aus der Gesäßtasche und zielte. Auf sie. An ihr übte

109

er. Das Echo ihrer Stimme drang bis zu ihm. Er entfernte sich noch mehr.

Unter seinen Füßen knirschte der Schnee – ein Quietschen.

»Du mußt wirklich mal in meinen Club kommen. Ich möchte ihn dir zeigen. Und ich möchte auch sehen, wie du da hineinpaßt. Ich hatte schon immer die Vorstellung, ein Killer würde gut in den Sentinel Club passen. Komm doch mal, tu mir den Gefallen. Es ist der exklusivste Club in ganz New York. Damit einer Mitglied werden kann, müssen schon mal wenigstens zwei andere Mitglieder die Kandidatur unterstützen. Dann gibt es eine hitzige Debatte, und von denen, die in die Endrunde kommen, lehnen wir noch mal achtundsechzig Prozent ab. Ich kann dir dann auch die Teppiche zeigen, die ich dem Club gestiftet habe – für den Salon. Sie werden dir gefallen, sie gefallen allen Kurden.«

»Vielleicht ein andermal.«

»Sag mal, was machst du eigentlich den ganzen Abend? Du bist kein einziges Mal ausgegangen! Du solltest dir mal den Red Light District ansehen. Später kannst du mich anrufen, dann hole ich dich dort ab, und wir trinken noch was im Club. Er ist ganz in der Nähe. Oder brauchst du zwölf Stunden Schlaf pro Nacht?«

»Ein andermal, danke.«

Er hatte überlegt, ob er Mr. Ballinger von seiner Entdeckung berichten sollte, daß Süleymans Frau vorhatte, ihren Mann zu verlassen. Alan beschloß jedoch, lieber abzuwarten. Zuerst mußte er für sich selbst eine Antwort auf die Frage finden: Warum sollte man diesen Süleyman Erkal traurig machen, wenn man ihn genausogut lächerlich machen konnte? Indem er seinen Job tat, verbaute er sich die Chance zu einer wahrhaft mörderischen Rache.

Im Laufe des Abends wurde Alan hungrig und unruhig. Er stellte sich gerade vor, er würde noch mal zum Broadway gehen und Pat besuchen, und Pat würde nett zu ihm sein, oder er würde ein anderes Mädchen besuchen, und das würde noch netter zu ihm sein – würde, würde, würde –, da klopfte es. Er schlich an die Tür, die Pistole in der Hand, und spähte durch das Guckloch: Mrs. Allen. Auf Zehenspitzen entfernte er sich wieder. Aber weil er tatsächlich nichts Besseres vorhatte, öffnete er dann doch.

Mrs. Allen schob ihn beiseite und kam herein.

»Ich habe Ihnen was mitgebracht.«

Eine neue Flasche billigen kalifornischen Sherry, eine Büchse Thunfisch und die *New York Times.* »Ich hatte so viel zu tun, konnte die Zeitung schon wieder nicht zu Ende lesen«, klagte sie und marschierte in seine Küche. Hastig versteckte er die Pistole in der Besteckschublade.

»Manche Fische enthalten sehr viel ungesättigte Fettsäuren«, sagte Mrs. Allen. »Eine Dose am Tag, und schon steigt die Lebenserwartung. Aber: Vorsicht lebt am längsten, sage ich immer. Mut ist ein schlimmes Laster. Mein Mann war Soldat im Ersten Weltkrieg. Er hatte Glück, er kam an die italienische Front. Die Italiener waren ebenfalls vernünftige Leute. Einmal wurde er von ein paar italienischen Soldaten umzingelt. Sie waren schneller als er – sie ergaben sich, bevor er sich ergeben konnte, und deshalb bekam er einen Orden. Seine Mutter war wütend auf ihn. Sie glaubte, er habe etwas riskiert. Sherry zu Thunfisch schmeckt sehr gut. Das Salz und der herbe Geschmack eines erstklassigen Sherry. Ich habe alle meine Öffner mitgebracht. Dieser Büchsenöffner hier ist wahrscheinlich älter als ich und genauso zuverlässig.

Mit den neuen Modellen komme ich nicht zurecht.« Alan öffnete den Sherry, während sie sich an der Konservendose zu schaffen machte, überall Öl verkleckerte und die Dose trotzdem nicht aufbekam. Alan half ihr und brachte den Job zu Ende, schnitt sich dabei jedoch in den Finger. »Herrje. Sie bluten ja!« kreischte Mrs. Allen und sah bestürzt weg. »Ich kann kein Blut sehen. Davon wird mir immer furchtbar schwindelig.«

Sie erhob sich, stützte sich auf den Tisch, trat einen Schritt zurück, stolperte, schwankte und sackte in sich zusammen – einfach so, mitten in der Küche, und Alan mußte sie auffangen und halten, und er rief: »*Xalti! Xalti!* Wachen Sie auf!«

Aber sie wachte nicht auf. Ihr Zustand verschlechterte sich mit einem Schlag. Von einem Augenblick zum anderen wurde sie kreidebleich. Die Augen klappten auf, ohne etwas zu sehen. Der Mund stand halb offen, als wäre der Unterkiefer ausgerenkt. Sie hatte kleine, abgenutzte graue Zähne. Der schmächtige Körper wurde schwer, als wögen plötzlich alle Jahre ihres Lebens mit. Arme und Beine hingen schlaff herunter. Ihm klopfte das Herz bis zum Hals. Das Gefühl, das ihn schon den ganzen Tag verfolgte, war plötzlich wieder da. Aber er erkannte es noch immer nicht. Ihm war einfach nur schlecht. Mrs. Allen war tot. Nun war er wirklich ganz auf sich allein gestellt. Und um die Leiche mußte er sich auch noch kümmern.

Er trug sie ins Wohnzimmer, legte sie auf seine Liege und zog ihr die Turnschuhe aus. Er küßte sie auf das flauschige weiße Haar und die Stirn und legte ihr ein Ohr an die Brust. Seine Niedergeschlagenheit wuchs, und seine innere Ruhe bekam überall Risse, aus denen der Kummer hervorträufelte. Das Geträufel wurde zum Sturzbach. Verzweiflung ist ein gefährlicher Fluß. Alan rang nach Luft und umarmte die alte Frau. Schließlich weinte er.

Nach einiger Zeit öffneten sich die blauen Augen und sahen ihn an. »Tut mir leid, daß ich Sie erschreckt habe«, sagte sie.

Sein Herz schlug noch schneller als vorher, und wieder schnappte er nach Luft. Vor lauter Erleichterung geriet er von neuem in Panik. »*Allah sükür!*« rief er und richtete sich auf.

»Ach, verdammt, lassen Sie das!« erwiderte sie.

Hastig versteckte Alan seinen verletzten Finger. »Ich hole Ihnen ein Glas Sherry«, sagte er und wusch sich in der Küche das Blut ab. Die Wunde war winzig und blutete nicht mehr. Er löffelte den Fisch auf zwei Pappteller, goß Sherry in zwei Styroporbecher und deckte dann den Tisch neben dem Bett – schwungvoll wie ein guter Kellner, wie ein *kapuçe*, der auf Trinkgeld aus ist. Sie erhoben die Gläser und riefen: »*Noş!*«

Alan fügte hinzu: »Und das meine ich auch so!«

Mrs. Allen sah ihn überrascht an. »Machen Sie sich meinetwegen keine Sorgen. Ich will noch ein Weilchen bleiben. Haben Sie denn noch nie erlebt, wie jemand in Ohnmacht fällt?«

»Nein.« Er schüttelte den Kopf. Der Schock saß tief.

»Irgendwann gibt es für alles ein erstes Mal – auch wenn man schon alt ist. Heute hätten Sie fast einen Menschen sterben sehen. Als nächstes werden Sie sich verlieben. Da wissen Sie dann wirklich nicht mehr, wie Ihnen geschieht. Sie werden glauben, Sie wären durchgedreht.« Sie lehnte sich in das Kissen zurück und fügte hinzu: »Ich hoffe, daß ich das noch erlebe.«

»Haben Sie außer Ihrem Mann noch andere geliebt?«
fragte er, obwohl er sich für fremde Angelegenheiten eigentlich nicht interessierte.

»Heiraten wollte ich nie«, sagte sie. »Aber ich war ein schwieriges Mädchen. Ich wohnte zu Hause, und obwohl ich schon fünfundzwanzig war, stritt ich mich noch immer mit meinen Eltern. Da beschlossen sie, mich zu verheiraten. Sie beauftragten einen Heiratsvermittler. Und der fand Gustav – dreißig Jahre alt und unverheiratet. Ich traf ihn ein einziges Mal und war einverstanden, bloß um von zu Hause wegzukommen. Und nach etwa einem Jahr haben wir uns ineinander verliebt. Da kam er dann nachmittags immer von der Universität nach Hause und besuchte mich. An jeden einzelnen von diesen Besuchen kann ich mich erinnern. Nein, einen anderen Mann habe ich nie geliebt. Warum sollte ich? Und warum fragen Sie? Sind Sie verheiratet?«

»Nein, Heiraten wäre nichts für mich, bestimmt nicht. Ich frage auch nicht meinetwegen. Ich dachte an die Frau, die wir heute gesehen haben. Und an ihren Freund. Ich finde, Frauen sind Ungeheuer. Finden Sie nicht?«

Sie antwortete nüchtern: »Wahrscheinlich befriedigt ihr Mann sie nicht. Vielleicht ist er ein schlechter Liebhaber. Wir leben in romantischen Zeiten, wissen Sie. Die Leute sehen fern und sehnen sich nach der großen Liebe. Deshalb gibt es kaum noch glückliche Ehen.«

Alan hatte eine Idee. »Ich würde gern ein bißchen fernsehen.«

»Warum holen Sie nicht meinen Apparat? Ich sehe nie fern. Hier sind meine Schlüssel.«

Alan kam mit dem kleinen Fernseher zurück und stellte ihn im Wohnzimmer auf. Dann ging er noch mal in die Küche, um den Stuhl zu holen. Sie sah ihm von der Liege aus zu und sagte: »Sie sind ein starker Mann. Wie Sie diesen Stuhl tragen! Sie werden gut zurechtkommen in Amerika. Aber mit dem Rauchen müssen Sie aufhören.«

Alan zündete sich eine Zigarette an, schaltete den Fernseher ein und drehte so lange an der Antenne herum, bis er ein Bild hatte. Ein Ratespiel. »Ist doch Quatsch!« protestierte Mrs. Allen, aber dann amüsierte sie sich doch. Die schlechte Bildqualität machte ihr nichts aus. Spät am Abend kamen die Kakerlaken heraus und machten sich über die Reste her. Auf die beiden Menschen achteten sie nicht – einer schlief auf dem Bett, der andere aufrecht auf einem Stuhl, mit einem Mantel über dem Schoß.

6.

Am nächsten Morgen war der Himmel wie zugeschoben – darunter, kalt und feucht, die Stadt. Das Taxi war zum Block der Zielpersonen unterwegs, und im Fond saß Mrs. Allen, las mit einem Auge die Zeitung oder redete zuviel. Vor allem davon, daß sie ein letztes Mal versuchen wolle, den Führerschein zu machen. Einmal im Leben wolle sie dieses Land durchqueren, es sich ansehen, solange sie noch gesund sei. Ihr Ton war fordernd, ohne Selbstmitleid: »Ich muß diesen Führerschein haben« – und dann fügte sie auf englisch »*Goddammit*« hinzu.

Nachdem sie diesen Ausdruck binnen weniger Blocks mehrmals eingeflochten hatte, fragte Alan sie, was er bedeute. Aber sie wollte es ihm nicht sagen. Gott komme darin vor, und deshalb sei es ziemlich erbärmlich, daß sie ihn überhaupt benutze. Jedenfalls sei es ein Ausdruck des Abscheus. Alan versuchte, ihn nachzusprechen, und das gefiel Mrs. Allen. Deshalb wiederholte er ihn immer wieder, rief laut »*Goddammit!*« – und klang nun, das behauptete jedenfalls Mrs. Allen, wie ein echter Taxifahrer. Woraufhin er sie fragte: »Wie kommen Sie darauf, daß ich kein echter bin?« und beleidigt tat. Ehe sie sich entschuldigen konnte, waren sie am Ziel.

Er parkte wieder auf der gegenüberliegenden Straßenseite. Von hier konnte er beobachten, daß das Haus Erkal von dramatischen Ereignissen erschüttert wurde. Das kleinere der beiden Erkal-Mädchen hockte mit gesenktem Kopf vor dem Haus und weinte – lautlos, aber deutlich sichtbar und am ganzen Körper bebend, nicht zuletzt deshalb, weil sie die übliche akustische Begleitung unterdrückte. Dabei starrte sie auf ein weißes Häufchen. Alan trat näher und sah, daß die hysterische Aufmerksamkeit des Kindes einer Maus galt. Die Maus lag auf der Seite und rührte sich nicht. Alan drehte sich zur Seite und zündete eine Zigarette an. Er hörte die Haustür klappen und dann die Schritte eines anderen Kindes, das die Stufen herunterkam. Aus den Augenwinkeln sah er, wie das andere Mädchen auf den Gehweg hinaustrat, klein, aber energisch, die schwarzen Zöpfe von einer Strickmütze gebändigt. Sie hatte eine Tüte dabei, die sie vor ihrer Schwester abstellte. »Hör auf zu heulen«, sagte sie halblaut. »Irgendwann muß jeder sterben. Schau, ich habe einen schönen Sarg besorgt. Mommy merkt bestimmt nicht, wenn er weg ist. Es ist das Kästchen, das sie nie anrührt, ganz hinten aus ihrem Schrank.«

Sie schüttelte die Tüte, und etwas purzelte ihr in die Hand – nach den reichen Verzierungen und der Form zu urteilen, ein Schmuckkästchen. »Still!« zischte sie, als ihre Schwester von neuem in Tränen ausbrach. Sie öffnete das Kästchen, das bis zum Rand gefüllt war, schöpfte den schimmernden Inhalt heraus und stopfte ihn in die Taschen ihres Schneeanzugs. Zuletzt drehte sie das Kästchen um und klopfte es aus. Ein Ring fiel heraus und rollte auf dem Gehsteig davon. Sie jagte ihm nach, erwischte ihn und schob ihn zu den anderen Sachen in die Tasche. Dann hockte sie sich neben ihre Schwester, nahm mit spitzen Fingern die steife Maus und ließ sie in das Kästchen plumpsen. »Tote Sachen sind ekelig!« sagte sie.

Sie warf ihrer Schwester, bei der die Tränen wieder zu tropfen begannen, einen finsteren Blick zu und redete auf sie ein: »Ist das nicht ein hübscher Sarg? Viel schöner als der von Opa. Und jetzt hör auf zu heulen und gib mir die Hand.«

Den zweiten Befehl befolgte das kleinere Mädchen, den ersten nicht. Die Tränen flossen weiter. Die große Schwester gab ihr einen ungeduldigen Kuß auf die Stirn, nahm ihre Hand und zog sie in Richtung des Parks an der nächsten Straßenecke. Den verzierten Sarg trug sie feierlich vor sich her. Alan folgte ihnen vorsichtig. Er sah die Jungen, die ihnen von der anderen Seite des Parks entgegenkamen. An ihrem großspurigen Gehabe und der Art, wie sie sich umsahen, erkannte er, daß sie nicht auf dem Weg in die Moschee waren. Einer von ihnen erspähte das Schmuckkästchen und zeigte darauf. Jetzt marschierten sie alle zielstrebig auf die beiden Mädchen zu, und als sie direkt vor ihnen standen, hielt einer ein Messer hoch. Alan sah es blitzen. Der Junge sprach laut und zeigte mit dem Messer auf das Kästchen. Ein zweiter Junge ließ ebenfalls ein Messer aufspringen.

Alan stürzte los. Aber kaum war er ein paar Schritte gelaufen, da hatten die Mädchen das Schmuckkästchen schon abgeliefert und taten das, was man ihnen für den Fall beigebracht hatte, daß ihnen in der Großstadt böse Männer begegneten – sie rannten weg. Alan beobachtete, wie sie durch den Park stürmten, während sich die Jungen in ein Gebüsch verdrückten. Für einen Augenblick herrschte erwartungsvolle Stille – dann drang ein markerschütternder Schrei aus dem Gebüsch.

Alan sah die steife Mauseleiche durch die Luft fliegen. Um die eigene Achse kreisend erreichte sie den höchsten Punkt ihrer Flugbahn und begann ihren Sinkflug. Dann verlor Alan sie aus den Augen. Er warf einen Blick in das Gebüsch. Das Kästchen lag im Schnee. Er nahm es mit und kehrte zu dem Weg zurück, auf dem die beiden Erkal-Mädchen, noch zerzauster als gewöhnlich, gerade ängstlich den Park verließen. Offenbar suchten sie nach der Maus. Alan holte sie ein. »Mädchen«, sagte er auf türkisch, »bringt den Kasten dorthin zurück, wo ihr ihn gefunden habt.«

Die beiden Kinder starrten ihn an und nahmen das Kästchen. »Danke, Mister«, sagten sie.

»Und jetzt ab nach Hause!« befahl er ihnen. Sie sahen ihn an, faßten sich bei den Händen und liefen davon. Sofort ärgerte sich Alan, daß er mit den Mädchen überhaupt gesprochen hatte. Das komische Gefühl war wieder da. Er konnte es nicht definieren. Er überlegte und kam zu dem Schluß, es werde ihm irgendwie »eng« ums Herz. So fühlte es sich an.

Als er den Broadway wieder hinauffuhr, war er froh, daß Mrs. Allen hinter ihm saß. Sie war eine willige Mitarbeiterin und wollte für ihre Dienste nicht mal eine Gegenleistung. Vielleicht konnte sie ihm auch sonst noch nützlich sein. Und dann fiel ihm ein, daß auch er ihr womöglich einmal nützlich sein könnte.

Für unseren Helden war ein derart selbstloser Gedanke etwas völlig Neues. Er mußte mit der Lage zu tun haben, in der er sich neuerdings befand: der Lage eines Fremdlings. Lebende Wesen passen sich einer fremden Umgebung auf sehr unterschiedliche Art an. Katzen erkunden diese Umgebung, Enten erstarren in ihr, stunden- und tagelang, Pferde werden nervös und bösartig. Nach einiger Zeit stellt sich eine neue Vertrautheit ein. Aber die Desorientierung hinterläßt auch dauerhafte Spuren: manche Lebewesen werden energischer, andere lethargischer, wieder andere grausam. Alan wurde rücksichtsvoller. Ihm fiel ein, er könnte für Mrs. Allen *çiĝköfti* machen. Die Decke war niedrig genug. Vielleicht würde es ihr schmecken. Aber im Moment versprach er ihr noch nichts. Statt dessen begleitete er sie bis zu ihrer Wohnungstür und gab ihr dort die Hand. Da sagte sie: »Danke.« Worauf wiederum er sie mehrere Sekunden lang anblickte – nicht weil er sie mit der Größe und dem Glanz seiner Augen beeindrucken wollte, sondern weil er ihr etwas zu verstehen geben wollte. Er hätte es auch einfach sagen können: »*Ich habe zu danken!*« Aber das brachte er nicht fertig. Es war eines der vielen Gefühle, die zu bekunden ihm peinlich war.

Als er seine Wohnung betrat, hörte er ein Geräusch in der Küche. Er ging hinein und traf dort auf Mr. Ballinger und seine Spießgesellen. Sie standen herum und blätterten in Mrs. Allens Zeitung. »Seit wann liest du Zeitung?« wollte Mr. Ballinger wissen.

Alan ließ sich seine Überraschung nicht anmerken. »Hallo«, sagte er. »Wollen Sie ein Glas Sherry?«

Aber Mr. Ballinger schüttelte den Kopf. »Nein. Du siehst müde aus. Wir wollen ein paar Einzelheiten mit dir besprechen, was den Job angeht. Und dein Honorar. Hier – «, er wedelte mit einem Flugticket. »Du fliegst um 20 Uhr 30. Und du heißt Doug Turck. Der Name ist leicht zu behalten. Du mußt dir nur merken, wie er sich schreibt.«

Dâg Türkü – Bergtürke. Eine Beleidigung. Möge sich aller Kummer Bagdads zu einem Klumpen ballen und ihn unter sich begraben.

Mr. Ballinger schob das Ticket wieder in seine Tasche. »So heißt du also ab morgen, wenn du deinen Job hinter dir hast. Und hier –«, er zog ein anderes Papier hervor und hielt es hoch, »das ist ein Führerschein, ausgestellt auf denselben Namen. Geboren in Ankara. Die Einbürgerungspapiere habe ich auch.« Er steckte alles wieder ein. »Du fliegst nach

Miami. Es wird dir gefallen. Angenehm warm. Palmen. Das Meer.«

»Die Berge wären mir lieber. Wasser mag ich nicht.«

»Du brauchst ja nicht reinzugehen. Wir bringen dich in meiner Lieblingsgegend unter. Tolle Szene. Ich hoffe, sie gefällt dir. Also, das behalte ich alles bis morgen. Du sollst bloß wissen, daß es für dich bereitliegt. Mach deine Arbeit pünktlich. Um 18 Uhr kommt ein Fahrer und holt Süleyman Bey ab. Um 18 Uhr 15 bist du im Haus, und um 18 Uhr 30 bist du wieder draußen. Du fährst sofort zum Flughafen und nimmst diese Papiere aus einem Schließfach am Terminal 3. Die Schließfachnummer bekommst du von mir, wenn du geliefert hast. Dann fliegst du. In Miami holt dich unser Mann ab. Er erkennt dich. Mit ihm kannst du dann deine Zukunftsträume besprechen. Übrigens, du siehst verboten aus. In Amerika laufen Berufskiller in ordentlichen Klamotten herum. Aber dein Schnurrbart gefällt mir.«

Er musterte Alan von oben bis unten und meinte: »Früher warst du immer so schick, *canêmin*. Es gibt einen Film über dich, wo man dich bei der Arbeit sieht. Vielleicht weißt du das gar nicht. Ein Klassestreifen. Seit ein paar Jahren in Umlauf. Bloß ein Kurzfilm. Aber es macht Spaß, dir zuzusehen. So schnell. So packend. Ohne sentimentales Getue. Damals hattest du mehr Haare auf dem Kopf. Und in einem weißen Hemd sehen deine Unterarme wirklich gut aus. Zieh dir morgen doch bitte ein weißes Hemd an. Und vergiß nicht, uns liegt daran, daß du pünktlich bist. Die Leichen sollen riechen, wenn er zurückkommt. Dreh bitte die Heizung auf, bevor du das Haus verläßt. Siehst du, ich habe eine komplette Choreographie für dich entworfen. Das ist meine wahre Berufung. Choreograph! Wenn der Wagen abfährt, gehst du ins Haus. Du kannst klingeln.«

»Um Viertel nach sechs ist Türkan noch da, das Hausmädchen«, gab Alan zu bedenken.

»Spielt keine Rolle.«

»Aber ihr Mann holt sie ab.«

»Dann warte eben, bis sie weg ist. Wann geht sie?«

»Um halb sieben.«

»Also, warte bis Viertel vor sieben. Laß das Taxi vor dem Haus stehen. Und nicht gefackelt, keine Gespräche. Wer zuerst drankommt, ist egal. Aber vergiß die Ohren nicht. Kinder hast du noch nie umgebracht – soviel ich weiß.«

Alan bestätigte dies nicht.

»Wenn du fertig bist, mach die Tür hinter dir zu. Und fahr in aller Ruhe zum Flughafen, über die Brücke an der 59. Straße. Sieh dir den Weg auf dem Plan an, sonst verfährst du dich. Nimm das Parkhaus am Terminal 3, auf dem Dach. Laß die Pistole und die Ohren im Wagen. Laß den Schlüssel stecken und verriegle die Tür. Geh runter in die Abflughalle. Bis du dort bist, habe ich dich angerufen und du weißt, wie du das Schließfach findest. Und jetzt möchte ich doch mal von deinem Sherry probieren.«

Alan holte Mrs. Allens Sherry. Mr. Ballinger warf einen Blick auf das Etikett und sagte zu den anderen: »Mein Gott, will er uns vergiften?«

Als sich Mr. Ballinger und seine albernen *falan-filan* wieder verzogen hatten, war Alan froh, daß er ihm nicht die Wahrheit über Süleyman Erkal und dessen zwiespältige Zukunftsaussichten gesagt hatte. Er wollte diesen Job nicht verlieren. Er malte sich aus, wie lästig es wäre, wenn er noch einen übernehmen müßte, um sich die Freiheit zu verdienen. Es war Zeit, sich auf einen harten Arbeitstag vorzubereiten. Das

Wichtigste bei der Arbeit waren gepflegte Hände und frisch gefärbtes Haar. In seinem Lieblingsgeschäft fand er eine Flasche Schwarz.

Den anderen Laden hatte er schon früher entdeckt – ein Schaufenster, auf dem die Umrisse einer Hand und eines Fußes prangten und daneben die Preisliste. Drinnen eine Reihe von Thronen und plaudernde Chinesinnen. Sein Erscheinen entzückte sie offenbar. Sie scharten sich um ihn, und ihr Gemurmel umspielte ihn in kleinen warmen Wellen. Er nickte, als er das Wort »Maniküre« vernahm, er nickte noch einmal, als er »Pediküre« hörte – und schon wurde er zu einem Thron geleitet. Feierlich wurden ihm die Schuhe ausgezogen und seine Füße in eine Wanne gestellt, die sich alsbald mit dampfendem, parfümiertem Wasser füllte, während vor ihm ein Tablett erschien und seine Hände in eine Schale mit dem gleichen Spezialwasser getaucht wurden.

Er entspannte sich. Wie schön, daß er der einzige Kunde war. Und der einzige Mann. Verwöhntwerden und Glücklichsein sind dasselbe. Wie sich herausstellte, sprach das Personal genauso wenig Englisch wie Alan – ein paar Grundbegriffe aus dem eigenen Gewerbe, mehr nicht. Nach allem, was man so hört, ist die New Yorker Maniküre-Branche fest in der Hand von illegalen Einwanderern ohne Greencard, und wenn man sie danach fragt, dann erklären sie einem, nein, eine Greencard hätten sie nicht, sie seien nämlich »international«. Alan und seinen Bedürfnissen widmeten sie sich mit außerordentlicher Sorgfalt, und sein *kir* verhehlte nicht, wie sehr ihn das erfreute. Alan zog sich die Jacke über den Schoß, aber es war zu spät. Die Frauen hatten gesehen, was sich da abzeichnete. Sie wurden kaltherzig. Zwar taten sie weiter ihre Arbeit, aber ihre Griffe waren nun hart wie Handschellen.

Bei dem Verhör nach seiner Verhaftung hatten ihm die Polizisten die Fußfesseln und die Handschellen nicht abgenommen. Sie glaubten, er sei Mitglied einer verbotenen kurdischen Partei. Aber das war er nicht. Nur einmal hatte er einem Freund aus längst vergangenen Kindertagen, der bei einer politischen Gruppe war, ein paar Tage lang geholfen. Immer zwei Tage Praxis und dann fünf Tage Theorie. Die Praxis war zwar ganz lustig – Banküberfälle, Bomben zünden –, aber die Theorie langweilte ihn. Er wollte lieber einen guten Wagen haben als die Macht im Staat. Eines Morgens kam türkisches Militär in die kleine Stadt im Süden, in der sich die Rebellen verkrochen hatten. Der Mullah rief gerade auf dem Minarett zum Morgengebet. Er sah die Soldaten kommen und schloß sie in sein Gebet ein. »*Allah u akbar.* Die Wölfe kommen von Westen*«, sang er auf kurdisch. »Allah, Allah. Nehmt euch in acht. Beeilt euch, und vergeßt eure Waffen nicht.« Nachher wollte ein Soldat von ihm wissen, warum er plötzlich kurdische Wendungen in den arabischen Gesang eingebaut hatte, worauf ihm der Mullah erklärte, er habe die Leute aufgefordert, für eine Frau aus dem Ort zu beten, die gerade eine komplizierte Schwangerschaft durchmachte. Alan empfand Herumschleichen als Demütigung. Er trennte sich nach diesem Erlebnis von der Gruppe und ging seither allen politischen Diskussionen aus dem Weg.

Als er dann viele Jahre später verhaftet wurde, versuchte die Polizei ihm mit den üblichen Mitteln Informationen zu entlocken. Sie steckten ihn ins »Bad« – eine Wanne, randvoll mit Fäkalien – und gaben ihm nichts zu trinken, nur einen feuchten Lappen zum Saugen. Als er nach drei Tagen bewußtlos wurde, zogen sie ihn heraus und flößten ihm starken Tee ein, der seinen Adrenalinspiegel so hochjagte, daß er anfing zu zittern und zu zucken, als stünde er Todesängste aus. Später konzentrierten sie sich auf seinen *kir,* diesen empfindlichen Weichling. Aber sie ahnten nicht, wie eitel Alan war. Sie hatten an der falschen Stelle angesetzt und wunderten sich, wie ungerührt Alan blieb. Als sie ihn nach dem Namen seiner Terroristengruppe fragten, antwortete er mit einem Sprichwort: »Ein Kurde ist zuwenig, zwei Kurden sind zuviel.« Danach fiel er in Schweigen. Er beeindruckte seine Peiniger, weil er nicht schrie, nicht jammerte, keine Tränen vergoß. Er existierte – ob mit Schmerzen oder ohne –, und Angst zeigte er deshalb nicht, weil er keine hatte, nicht mal vor elektrischen Apparaten. Da legten sie ihre Instrumente erst einmal beiseite. Später würden sie noch reichlich Zeit haben, ihm ihre Künste vorzuführen – wenn er erst verurteilt war und sie ihn jahrelang bei sich hatten. Der Druck an Händen und Füßen ließ nach. Die Mädchen waren fertig.

Er sah sich verwirrt um. »*Gale gale*«, fuhr ihn eines der Mädchen an. Ihr Englisch war miserabel. Als er nicht reagierte, nahm sie ein Stück Papier, schrieb darauf »$40« und drückte es ihm ziemlich grob in die Hand, mit der sie eben noch so pfleglich umgegangen war.

Zum erstenmal hatte er vom Luxus der Neuen Welt gekostet, aber seine Erinnerungen hatten ihm allen Genuß verdorben. Immerhin fühlte er sich jetzt fit für den Job. Sein Finger am Abzug würde sich sehen lassen können.

Um Mitternacht lag er rauchend auf dem Klappbett und blätterte gelangweilt in seinem Englischlehrbuch. Nachdem er gelernt hatte, daß das kurdische Wort *şad* im Englischen »glücklich« bedeutet, und ohne Erfolg herauszufinden versucht hatte, wie man ein »h« aussprach, schleuderte er das

125

Buch beiseite und überließ sich seiner Trägheit. Eigentlich hätte er die schwierige Aufgabe überdenken müssen, die ihm für den nächsten Tag bevorstand. Statt dessen träumte er. Stellte sich vor, wie er seiner Großmutter die Wohnung in Istanbul zeigte und wie die Halskette aus schweren Goldmedaillons, die er ihr immer hatte schenken wollen, auf ihrem schwarzen Kleid leuchtete. Ihr Gesicht sah er nur verschwommen; eigentlich konnte er sich an ihr Gesicht überhaupt nicht erinnern. Er sah, wie sie die Küche betrat, die Mikrowelle anstarrte und fragte: »Ist das ein Fernseher?« Er zeigte ihr, was man mit dieser großartigen Erfindung anstellen konnte, während sie nur den Kopf schüttelte und ihm stolz zulächelte.

Daß sie gestorben war, hatte er erst mit zwei Jahren Verspätung erfahren, als er zufällig dem alten Gemüsehändler aus seinem Dorf über den Weg lief. An einer roten Ampel in Istanbul, an der sie beide warten mußten, hatte der Händler seinen Landsmann wiedererkannt, obwohl Alan eine gelbe Elektrikermontur trug, wegen eines Jobs in einem Bürogebäude. Wahrscheinlich hatte sein *simbêlpîj* ihn verraten. Der Gemüsehändler hatte Alan auch berichtet, daß es ihr Dorf nicht mehr gab. Er selbst war zuerst nach Diyarbekir gezogen, und später, als ihm der Krieg dorthin folgte, nach Istanbul. Nun war seine Enkelin bei ihm, stützte ihn beim Gehen und fragte Alan in scharfem Ton, warum er nicht bei der Organisation in den Bergen sei. Alle ihre Brüder und Schwestern kämpften. Sie habe nur zurückbleiben müssen, weil sich jemand um die ganz Kleinen und die ganz Alten in der Familie kümmern mußte. Ihr Vater sitze im Gefängnis, weil er auf der Straße ein kurdisches Lied gesungen habe. Er sei betrunken gewesen. »Aber deine Großmutter ist in ihrem Bett gestorben, bevor sie kamen und euer Haus niederbrannten«, versicherte ihm der alte Gemüsehändler. Das Telefon klingelte. Alan betrachtete das lästige Ding und rauchte zu Ende, bevor er sich meldete.

»Hast du Lust, zu mir in den Club zu kommen?« fragte Mr. Ballinger.

Er hatte keine. Aber Mr. Ballinger sagte: »Ich hätte da was für dich« – und Alan hoffte, es würde vielleicht eine bessere Waffe sein, und die Smith and Wesson wäre nur ein Scherz von Mr. Ballinger gewesen. Deshalb willigte er ein, nach Downtown in den Sentinel Club zu kommen. »Mit Jackett und Krawatte, bitte«, fügte Mr. Ballinger hinzu. Doch unser Held besaß keine Krawatte mehr! Selbstmitleid überkam ihn. »Und nimm die U-Bahn. Hier in der Gegend findest du keinen Parkplatz. Ich erklär dir den Weg . . .«

Nachdem Alan sich Mr. Ballingers Ratschläge angehört hatte, schüttelte er die Hose aus, die er nun schon seit fast einer Woche trug, und fragte sich, was ihm dieser Abend noch bescheren werde. Er strich sich über das Haar und überlegte, was es eigentlich mit jener Leere auf sich hatte, die man absehbare Zukunft nennt. Und als er auf seine Fragen keine Antwort bekam, strich er sich über die Augenbrauen und beschloß, doch den Wagen zu nehmen. Er würde einen Parkplatz finden. Und *hila hila* – so war es. Schon kam er sich wie ein Sieger vor. Diese Großstadt würde ihn nicht unterkriegen. Ihre Einwohner nahmen Reißaus, versteckten sich in ihren Behausungen – die Straßen waren menschenleer, als er das imposante Gebäude erreichte, in dem der Club residierte. Doch drinnen herrschte Gedränge. Mr. Ballinger wartete im Vorraum, ein teurer Anzug unter vielen.

Der Empfang war kühl. »So kannst du hier nicht rein. Ich habe dir doch gesagt, du sollst dir einen Schlips umbinden!«

127

Mr. Ballinger musterte Alan und sah, wie der Zorn über sein Gesicht wanderte – ein kurzes, heftiges Gewitter. Er lächelte in die Gefahr hinein und entschuldigte sich: »Ach, natürlich! Tut mir leid. Du hast gar keinen Schlips, stimmt's? Wenn du den Job erledigt hast, mußt du dir unbedingt ein paar Sachen zum Anziehen kaufen. Hier. Ich habe ein Begrüßungsgeschenk für dich«, er hielt ihm eine wunderschöne goldene Krawatte hin, »für einen Kurdenkönig genau das Richtige.« Alan band sie sich um und war zufrieden. »Aber dein Handy gibst du besser mir, die Dinger sind hier nicht erlaubt. Zeitungen und Bücher auch nicht. Besondere Regeln. Die Leute hier wollen sich nicht stören lassen. Richtige Clubs sind ein aussterbender Luxus. Die Fitness-Clubs haben sie verdrängt. Und – ach ja, deine Zigaretten bitte auch. *No smoking.*« Er gab die Sachen bei einer Garderobe ab und führte Alan eine breite Treppe hinauf. Überall hingen Portraits. »Berühmte Mitglieder, die nicht mehr bei uns sind«, sagte Mr. Ballinger traurig. Alan achtete nicht auf das, was er sagte. Er überlegte, wie er seine Zigaretten zurückbekommen konnte. »Und jetzt möchte ich dir ein paar von den Lebenden zeigen. Drüben steht der Senator dieses Distrikts mit ein paar Geschäftsfreunden. Der da ist ein berühmter Schriftsteller. Zutritt haben eben nur Auserwählte. Und dort sind meine Freunde, sie haben einen Tisch gefunden!«

Sie ließen sich gerade in der Ecke eines holzgetäfelten Speisezimmers nieder. Mr. Ballinger stellte Alan vor: »Doug Turck, auch genannt der ›Schwarze Stein‹. Ein berühmter Schauspieler aus Istanbul, der irgendwann mal Mitglied bei uns werden müßte, sobald er sein Debüt in diesem Land gegeben hat. Noch spricht er kein Englisch. Also freut euch an seinem guten Aussehen.« In einigen Blicken flackerte vages Interesse, in anderen Rivalität. Sie setzten sich ans

Tischende, und Alan bekam immerhin mit, daß gerade von Istanbul die Rede war. Besuchseindrücke und Erfahrungen wurden ausgetauscht. Anscheinend war jeder am Tisch schon dort gewesen und konnte aus eigener Erfahrung über einige vorzügliche Restaurants sprechen.

Mr. Ballinger fragte seinen Gast, was er trinken wolle. »Whisky«, antwortete Alan. »Und außerdem will ich meine Zigaretten zurückhaben.« Mr. Ballinger seufzte und machte ein bekümmertes Gesicht. »Könntest du dich vielleicht ein kleines bißchen beherrschen? Ich besorge dir ein Dutzend Whiskys, wenn du mir nicht noch mal mit deinen Zigaretten kommst. Deine Raucherei ist einfach peinlich. Was hast du eigentlich im Flugzeug gemacht?«

Er bestellte einen Whisky und sagte: »Übrigens, die meisten Leute trinken hier Wein, keine harten Sachen.« Alan starrte ihn an, sah plötzlich, wie die Haut in Mr. Ballingers Gesicht an den Wangen spannte und sich am Kinn ein bißchen kräuselte. Mit einem Ruck wandte sich Mr. Ballinger ab und rief einem Freund auf der anderen Seite des Tisches etwas zu. So konnte Alan endlich seine Nachbarin auf der anderen Seite in Augenschein zu nehmen, eine dunkelhaarige Schönheit, die ihre Reize – die breiten Hüften – unter einer gewöhnlichen Männerjacke versteckt hielt. Ihre Hose spannte sich um die Schenkel, als wären es zwei duftende heiße Würstchen. Nach den Lauten zu urteilen, die sie von sich gab, war sie Amerikanerin. Doch als der italienische Kellner mit seinem Block auftauchte, wollte sie unbedingt Italienisch mit ihm sprechen. Der Kellner indessen antwortete ihr beharrlich auf englisch. »Con pomodore!« sagte sie mit lang dahinrollendem »R«, und er fragte: »Sie meinen, Tomaten?« Nachher sprach sie über eine Oper, die sie in *Rrroma* gesehen hatte.

Die Unterhaltung am Tisch war nun in vollem Gange. Mr. Ballinger beugte sich zu Alan hinüber und erklärte: »Wir sprechen gerade über Gewürze. Scharfe Gewürze schützen vor bestimmten Arten von Krebs. Ißt du auch gern scharf?«

Alan nickte.

Mr. Ballinger sah ihn erfreut an. »Scharfe Gewürze verätzen nämlich das Arschloch. Abends esse ich immer scharf. Und freue mich schon auf das Brennen am nächsten Morgen. Ich weiß noch, in Kurdistan nahmen die Männer Handtücher mit auf die Toilette, um ihre Tränen zu trocken. Die Schreie der kackenden Kurden weckten das Dorf lange vor dem ersten Hahnenschrei.«

Was Mr. Ballinger sagte, stimmte. Aber Alan war wütend. Eine Zigarette! Im Flugzeug hatte er auf der Toilette geraucht – ins Waschbecken, bei fließendem Wasser und laufender Abzugspumpe, so daß der Rauch weggesaugt wurde. Und sein letztes Präservativ hatte er dem Rauchmelder übergezogen. Doch dieser Club hatte strengere Vorkehrungen getroffen als die Fluggesellschaft, und Alan war ratlos. Um sich abzulenken, malte er sich brutalen Sex mit seiner Nachbarin aus. Sie merkte es nicht. Erstaunlicherweise schlug etwas anderes sie in Bann, und zwar das Gespräch. Mr. Ballinger machte von Zeit zu Zeit den Dolmetscher. »Wir reden gerade über Bosnien.« Alans Nachbarin saß jetzt aufrecht da und wurde immer breiter und wichtiger, wie ein Denkmal auf einem Platz. Aber im Unterschied zu einem Denkmal wollte sie offenbar etwas sagen. Das tat sie dann auch und spuckte dabei jedes Wort einzeln aus. Alan hörte immer nur »Aj«, »Aj«, jeweils mit einer kurzen Pause vorher und nachher – offenbar ein Wort von besonderer Wichtigkeit. Die anderen unterbrachen die Schönheit. Auch sie benutzten das Wort »Aj« auf diese bemerkenswerte Weise.

»Wir streiten uns gerade über den Nahen Osten«, erläuterte Mr. Ballinger. Und später: »Jetzt geht es um den Aktienmarkt.«

Protestgeschrei unterbrach die Debatte. Die Küche, so erklärte der Kellner und zeigte auf seine Armbanduhr, habe schon geschlossen. Die Gäste könnten leider nur noch ein Dessert bestellen. Enttäuschte Rufe. Allgemeiner Unmut. Der Kellner nahm es gelassen. Er winkte, und ein Dessertwagen wurde an den Tisch gerollt. Die Attraktionen, die da zum Vorschein kamen, ließen alle Klagen sofort verstummen. Die dunkelhaarige Schönheit richtete einen Finger auf die Himbeeren und raspelte: »Frrragoli, prrrego.«

Der Kellner sah sie finster an. »Himbeeren heißen auf italienisch *lamponi*, Madame.« Er lachte böse. Sonst lachte niemand. Alle starrten peinlich berührt auf ihre Teller. Die Schönheit wurde blaß und sagte irgendwas über ihre Augen und daß sie die Himbeeren aus der Entfernung für Erdbeeren gehalten habe usw. Der Wagen war nun bei Alan angekommen, der nacheinander auf mehrere Kreationen zeigte und auf Englisch »und, und, und« hinzufügte, um deutlich zu machen, daß er sie alle wollte. Die anderen Esser sahen ihn scharf an – einerseits neidisch auf seine hemmungslose Art, andererseits besorgt, daß die Rechnung des Abends zuletzt zwischen allen geteilt werden würde und sie für den Appetit dieses Unbekannten aufkommen sollten.

Das Dessert brachte die Unterhaltung zum Erliegen. Doch kaum war das Vergnügen vorbei, ging das Gerede wieder los. Alans Nachbarin gab den Anstoß. Sie regte sich über irgend etwas auf. »Es geht um einen Zeitungsartikel«, erklärte Mr. Ballinger zu Alans Erbauung. »Darin wird vorgeschlagen, die Gefängnisse abzuschaffen. Straftäter sollten statt dessen zu einer bestimmten Anzahl von Opernabenden verurteilt werden.« Während sie sprach, geriet auch das schwarze Haar der Schönheit immer mehr in Wallung. Die Hände fuhren in der Luft herum, in ihren Augen blitzte die Leidenschaft, ihre ganze Figur geriet ins Schwanken. Und ihr Schenkel rieb sich immerfort an Alans Schenkel. »Ein Verkehrsdelikt«, flüsterte Mr. Ballinger Alan ins Ohr, »könnte mit einem Opernabend in einer Bezirksstadt geahndet werden. Totschlag mit zwei oder drei Abenden, und Brandstiftung sowie Mord mit bis zu zehn Besuchen in der Metropolitan Opera – noch mehr liefe auf unverhältnismäßige Grausamkeit hinaus.« Der Schenkel der Schönheit lag nun dicht an Alans Schenkel gepreßt. »Die Oper würde auf Kriminelle äußerst abschreckend wirken – eine kostengünstige Alternative zum gewöhnlichen Strafvollzug, denn subjektiv wird ein Abend in einer zeitgenössischen Opernaufführung so erlebt wie zehn Jahre in einer Gefängniszelle. Selbst derjenige, der im Begriff ist, aus Leidenschaft zum Mörder zu werden, und die Hand zur Bluttat schon erhoben hat, wird sie reumütig sinken lassen, wenn er sich klarmacht, was ihm bevorsteht.« Die Schönheit rief etwas in die Runde, ihr Schenkel rückte ab. »Sie sagt, die Zeitung hätte diesen Artikel niemals bringen dürfen, weil er eine ohnehin bedrohte Institution weiter untergräbt. Außerdem, sagt sie, sei der Ehemann der Verfasserin Anwalt und setze sich für Kommunisten ein.« Die Schönheit hatte in ein Wespennest gestochen und lehnte sich mit dem stolzen Blick der befriedigten Rechtschaffenheit zurück. Ihr Schenkel kehrte an seinen Liegeplatz dicht bei Alans Schenkel zurück.

Mr. Ballinger geriet mit der Zeit so tief in die immer heftiger werdende Debatte, daß er das Dolmetschen vergaß, und unserem Helden blieb nicht anderes übrig, als den seltsamen Silben zu lauschen, die ihn umflogen. Währenddessen blieb der Schenkel seiner Nachbarin stets fest an seinen gedrückt – nur zwei dünne Stoffschichten trennten die beiden. Nach einiger Zeit hatte Alan das Gefühl, es sei höflich, etwas zu erwidern. Nun rieb er mit seinem Schenkel hin und her und schickte sich an, bei der bevorstehenden Verführung die Führung zu übernehmen. Schließlich schob er eine Hand unter den Tisch und legte sie ihr sanft auf das Knie. Es war rund und warm und bebte wie ein Häschen.

Mit einem Ruck zog sie ihr Bein zur Seite und wendete sich ihm zu. Ihre Augen eröffneten das Feuer, während ihre flache Hand gleichzeitig nach seinem Bein schlug. Sie hatte viel Kraft, und die Schläge taten weh. Gleichzeitig rief sie den anderen Gästen am Tisch etwas zu, woraufhin alle zu Alan herübersahen und ihn herablassend anlächelten. Mr. Ballinger meinte höhnisch: »Sie finden, du benimmst dich wie ein Araber.«

Das reizte Alan nur noch mehr: »Sagen Sie ihr, sie sei schön.« Aber Mr. Ballinger zischte ihn nur empört an: »Du merkst offenbar gar nicht, wie unmöglich du bist.« Er entschuldigte sich anscheinend für seinen Gast. Eine gewisse Ruhe kehrte zurück. Bald hatten alle den Vorfall vergessen – außer der Schönheit, die mit ihrem Stuhl ein paar Zentimeter abgerückt war und ihm von Zeit zu Zeit wütende Blicke zuwarf. Seine Tagträume vertrockneten. Die Folter begann: er wollte rauchen. Aber der Himmel war auf seiner Seite und schickte Rettung. Eine dicke, fette Kakerlake, die wahrscheinlich den ganzen Weg von Alans Viertel mitgekommen war, wanderte mit ausladenden Bewegungen den Tisch entlang. Bis jetzt hatte noch niemand sie bemerkt, und so spazierte sie eine Zeitlang zwischen den Tellern umher. Schließlich wandte sich Alan seiner Nachbarin zu, sagte: »Hm, hm«, und deutete mit dem Kinn nach dem Insekt.

In dem nun folgenden Tumult zerstreute sich die Abendgesellschaft so rasch, daß niemand ans Bezahlen dachte. Am Ende saß Mr. Ballinger mit der Rechnung allein da. Während sie auf das Wechselgeld warteten, sagte er in erbittertem Ton zu Alan: »Jetzt wirst du überall herumerzählen, im Sentinel Club gibt es Kakerlaken.«

Vielleicht war Mr. Ballinger wütend wegen der hohen Rechnung, die er bezahlen mußte, oder die Kakerlake war ihm peinlich. Jedenfalls machte er ein mürrisches Gesicht. Nachdem er die Telefone und die Zigaretten an der Garderobe abgeholt hatte, wollte er Alan unbedingt zum Taxi begleiten. Dann setzte er sich auf den Beifahrersitz und fuhr mit ihm zurück, den ganzen Broadway hinauf, ohne ein Wort zu sagen. Alan stellte den Wagen in die Garage, und noch immer machte Mr. Ballinger keine Anstalten, sich zu verabschieden, kam vielmehr mit nach oben, bis zu Alans Apartment, und trat ein. Alan ging sofort in die Küche, setzte sich, faltete die Hände auf dem Tisch und fragte: »Was kann ich für Sie tun?«

Mr. Ballinger war in der Tür zur Küche stehengeblieben. »Ich schicke dich zurück in die Türkei«, sagte er.

»Na schön«, erwiderte Alan.

Mr. Ballinger kramte nach seinem Telefon und wählte eine Nummer. *Gale, gale.* Dann lehnte er sich an die Wand und wartete. Nach ein paar Minuten öffnete sich die Wohnungstür, und herein kam der Hausmeister. Sein Gesicht sah genauso zerknittert aus wie seine orangefarbene Montur. Er lachte nervös.

»Du bist hier als Zeuge bei einem Verhör«, sagte Mr. Ballinger einmal auf englisch und einmal auf kurdisch. Er wen dete sich wieder an Alan, in sachlichem Ton. »Sag uns deinen wirklichen Namen.«

»Alan Korkunç.«

»Das ist nicht der richtige.«

»Es ist der Name, den Sie mir gegeben haben.«

»Wie ist dein richtiger Name?« zischte Mr. Ballinger.

»Alan Korkunç«, erwiderte unser Held beharrlich. »Ein Name ist etwas, um das der, der ihn bekommt, normalerweise nicht gebeten hat. Und ein Name hält auch nicht lange. Denn nach einiger Zeit haben alle Leute den gleichen Namen – alle werden sie dann tot genannt. Früher oder später werden Sie und ich auch so heißen.«

Der Fragensteller starrte ihn an. Plötzlich hellte sich sein Blick auf, wurde sogar zärtlich. »Du bist heute ja richtig gesprächig. Dann sag mir doch mal, was du mit deiner Nachbarin zu schaffen hast.«

»Mit meiner Nachbarin? Ich habe ihr ein bißchen geholfen.«

»Du hast in deinem ganzen Leben noch keinem Menschen geholfen. Wie würde dir das gefallen, wenn ich dich in die Türkei zurückschicke?«

»Der Flug nach Istanbul geht nachmittags, das wäre also morgen. Solange ich noch hier bin, bin ich nicht dort. Wenn ich dort bin, werde ich wissen, wie es mir gefällt. Ich nehme an, der Unterschied ist nicht besonders groß. Sie werden mich dort zwar umbringen. Aber solange sie mich noch nicht umgebracht haben, lebe ich. Und wenn sie mich umgebracht haben, merke ich nicht, daß ich tot bin. Der Übergang selbst ist kaum der Rede wert.«

Mr. Ballinger wandte sich an den Hausmeister und gab ihm offenbar einen Befehl, den der Wicht nicht ausführen wollte. Statt dessen hob er beschwörend die Hände und schüttelte den Kopf. Schließlich zeigte Mr. Ballinger auf die Tür und fauchte den Hausmeister an, der die Hände sinken ließ und unter allerlei Gemurmel verschwand. Mr. Ballinger wendete sich wieder Alan zu: »Selbst wenn man seine Leute bezahlt, kann man sich heute auf niemanden mehr verlassen. Steh auf und komm her.«

Alan trat vor, mit ausdrucksloser Miene. Mr. Ballinger zog eine Beretta aus der Jacke und drückte sie Alan gegen die Stirn. »Mach's gut, Arschloch«, sagte er.

Alans erster und einziger Gedanke galt seinem Gesicht. Sein Gesicht würde zertrümmert werden. Sein geliebtes Gesicht. Aller Stolz wich von ihm – hier ging es um eine praktische Frage: »Nicht ins Gesicht!« schrie er. »Ins Herz. Hier. Hier. Oder lassen Sie mich aus dem Fenster springen. Drüben im anderen Zimmer. Es ist hoch genug. Bringen Sie mich rüber, und ich springe. Aber nicht schießen, nicht schießen!«

Ihm selbst kam es so vor, als würde sein Gebettel kein Ende nehmen, während die Enge um sein Herz immer beklemmender wurde, bis er an allen Gliedern schlotterte. Da endlich erkannte er das Gefühl: Angst. Mr. Ballinger kicherte und drückte ab.

Der Abend hatte ein böses Ende genommen. Alan lag auf dem Küchenboden. Er hatte sich in die Hose gemacht, und sein Körper war steif. Stundenlang hatte er so dagelegen. Schließlich gelang es ihm, die Hände vor das Gesicht zu nehmen. Er befühlte sich: Nase, Augen, Mund. Alles war noch da, wo es sein sollte. Auch die Stirn war trocken und unversehrt. Er stand auf. Den Beinen fiel es nicht schwer, den Dienst wieder anzutreten: sie trugen ihn zur Liege. Jakke und Hose streifte er unterwegs ab, legte sich hin, zog die

Decke um sich und schwelgte in diesem Behagen. Doch die Beschämung polkte und bohrte mit tausend Fingern an ihm herum und zerrupfte die Freude darüber, daß er noch am Leben war. Angst hatte er bekommen. Dabei war Mr. Ballingers Pistole gar nicht geladen gewesen.

Die Zeit ist eine starke Seife, aber Erinnerungen an eine Demütigung wäscht sie nicht weg, und die Flecken auf einer wirklich schmutzigen Hose auch nicht. Alan wusch seine Hose unter der Wasserleitung und zog sie klatschnaß wieder an. Die Intensität von Peinlichkeiten nimmt mit der Zahl der Zeugen exponentiell zu, denn die Gefahr, immer wieder daran erinnert zu werden, ist ein kräftiger Multiplikator. Um den verdammten Fleck loszuwerden, muß man ihn entweder ignorieren, wozu manche Leute fähig sind, oder man muß alle umbringen, die sich an ihn erinnern. Die Beschämung als auslösender Faktor in der Politik wird von den Historikern noch immer stark unterschätzt. Nach den Ereignissen des vergangenen Abends waren Alans Zerstörungskräfte in heftigem Aufruhr; so wurde er gefährlicher oder vielleicht auch weniger gefährlich – jedenfalls instabil.

Er suchte nach einer Zerstreuung. Er rasierte sich, nahm sich seinen *simbêlnivişt* vor und säbelte die schrägen Kanten weg. Der Schnurrbart lag jetzt in zwei kleinen Rechtecken auf seiner Oberlippe. Ein *simbêlzeytûnî*. Während ihm die Hose noch immer an den Beinen klebte, als hätte er eben bis zum Bauch im Wasser gestanden, klopfte er an der Tür seiner Nachbarin. Sie war zum Ausgehen gekleidet und hatte wieder »furchtbar schlechte Laune«. Zum letzten Mal wollte sie versuchen, ihren Führerschein zu machen. Man werde sie bestimmt durchfallen lassen, wegen ihres Alters, behauptete sie. »Ein Blick, und die Sache ist entschieden. Weißes Haar – kein Führerschein.«

»Ich habe eine Idee«, sagte Alan, ging noch einmal in sein Apartment und kam mit einer Lösung zurück. Er bat sie, sich zu setzen, stellte ihr zwei Sardinendosen vor die Füße und legte eine Packung Cracker auf den Tisch. Dann ging er vor ihr auf die Knie und setzte ihren rechten Fuß mit dem schwarzen Pumps auf die linke Sardinendose. »Das ist die Bremse«, sagte er. Er stand wieder auf und legte ihre Hände auf die Crackerpackung. »Das Lenkrad! Sie müssen üben.« Er gab ihr seinen Schlüssel. »Starten Sie den Wagen. Die Gangschaltung sitzt hinter dem Lenkrad. Jetzt setzen Sie rückwärts aus Ihrer Parkbucht. Aber die Rückspiegel nicht vergessen.«

Während sie mitspielte, feuchtete er ihr Haar mit einem nassen Handtuch an. »Jetzt stillhalten«, kommandierte er. Und dann färbte er ihr, während sie Wagenlenken übte, das Haar schwarz. Dabei machte er Motorgeräusche für sie: »Wrumm, wrumm«, und manchmal ließ er die Reifen quietschen, was ihnen beiden großes Vergnügen machte. Es war sogar noch genug Schwarz für sein eigenes Haar da – genauer gesagt: er hatte so wenig Haar auf dem Kopf, daß ein Tropfen reichte. Die Papiere auf dem Tisch waren mit schwarzen Einschußlöchern übersät.

Wie ein geübter Friseur spülte er ihren Kopf im Küchenwaschbecken, ließ sie wieder Platz nehmen und kämmte ihr das dünne Haar. Es trocknete schnell. Sie betrachtete sich lange im Badezimmerspiegel und verkündete: »Ich sehe aus wie eine junge Brünette. Jetzt *müssen* sie mir den Führerschein geben. Wissen Sie, ohne Führerschein ist man in Amerika kein freier Mensch. – Ich muß mich beeilen. Wenn ich zurück bin, feiern wir.«

Sie zog ihren Mantel an, aber den Teewärmer ließ sie auf

der Kanne. Zuletzt fiel ihr noch etwas ein. Sie ging zum Bücherschrank, nahm das Foto, das dort stand – ein kleiner Junge mit seinem Vater –, und schob es in die Manteltasche. »Vielleicht bringt es mir Glück«, sagte sie, »dann sehe ich meinen Sohn wieder.«

Alan kehrte in sein Apartment zurück. Den Rest des Nachmittags verbrachte er mit Grollen, Rauchen, Sherrytrinken und Training an der Waffe. Langsam trocknete die Hose an seinem Körper. Bei jedem Geräusch auf der Treppe stürzte er an die Tür. Aber es waren bloß einige andere Hausbewohner. Endlich hörte er langsame, schlurfende Schritte und wußte, sie war es. Mit hängendem Kopf schloß Mrs. Allen ihre Wohnungstür auf. Sie wollte nicht mit Alan reden. Als er Hallo sagte, schüttelte sie bloß traurig den Kopf.

Auf englisch und grimmig sagte Alan: »Ich bring ihn um.« Aber Mrs. Allen schüttelte nur den Kopf. »Nein, nein, das habe ich schon fast getan. Da war diese Ampel. Ich habe sie einfach nicht gesehen.«

Während Alan zum letzten Mal Zuhause aufräumte, fiel sein Blick auf Mrs. Allens Fernseher. Er schleppte ihn zurück in ihre Wohnung, stellte ihn an seinen alten Platz und schloß ihn wieder an. Dann wandte er sich der alten Frau zu und sagte einfach: »*Xalti*, leben Sie wohl.«

»Was haben Sie vor? Fahren Sie weg?« fragte Mrs. Allen bestürzt.

Er überlegte. »Ich fliege.«

»Aber wohin?« fragte sie.

»Vielleicht nach Miami«, sagte er.

»Heiß da«, erwiderte Mrs. Allen. »Mir sind ein paar Meter über dem Meeresspiegel lieber.«

Sie wollte eine neue Flasche Sherry aufmachen, aber Alan sagte: »*Xalti,* ich muß gehen.« Er sah sich zum letzten Mal in diesem Zimmer um. Sie hatte das Foto an seinen gewohnten Platz zurückgestellt. Die Wichtigkeit, die dieses Bild offenbar besaß, irriierte ihn. »Haben Sie eigentlich keine anderen Fotos?« fragte er sie. »Soll ich Ihnen eines von mir schenken?«

Sie schüttelte den Kopf. »Ach, ich brauche keine Fotos. Außerdem haben Sie gar keine Fotos von sich, stimmt's? Meine Fotos habe ich vor langer Zeit verloren, als wir nach Istanbul gingen. Aber daß ich vergessen könnte, wie meine Lieben ausgesehen haben – diese Gefahr besteht wirklich nicht. Ich denke viel zu oft an sie, als daß ich sie vergessen könnte. Meine Eltern, meine Großeltern, meine beiden älteren Brüder, ihre Frauen, ihre Kinder, meine Schwester, der Verlobte meiner Schwester. Und all meine Freunde und Freundinnen. Ich erinnere mich an alle, weiß noch genau, wie sie aussahen. Wie sie rochen. Ich war es ja, die wegging. Wann kommen Sie zurück?«

Alan hob die Schultern. Dann umarmte er die alte Frau und küßte sie auf die Augenlider.

Sie sagte: »Ich sehe, Sie tragen neuerdings einen Schnurrbart wie Adolf Hitler. Also, mir gefällt er nicht besonders.«

Er schwitzte, auch weil das Wetter umgeschlagen war. Der Frühling machte einen Kurzbesuch. Die Temperatur war auf über 15 Grad gestiegen, und die Sonne schien sieghaft. Er öffnete die Fenster und ging ins Bad. Während er sich auszog, hörte er, wie im Badezimmer nebenan Mrs. Allen unter der Dusche die Ode an die Freude sang. Er schlug das Fenster wieder zu. Er wollte nicht an sie erinnert werden. Er wollte seinen Job so schnell wie möglich hinter sich bringen. Einfach rein, sich die Leute vornehmen und wieder raus. Die technischen Raffinessen in der Küche würde er sich, anders als geplant, nicht ansehen. Überhaupt fehlte ihm die rechte Begeisterung. Mit Duschen und Rasieren versuchte er, sich in Schwung zu bringen. Der Schnurrbart war wirklich hübsch, wenn auch angegraut, und deshalb wirkte er zusammen mit dem tiefschwarzen Haar auf seinem Kopf etwas seltsam. Mrs. Allen mit seinem Schwarz das Haar zu färben war Verschwendung gewesen. Außer einer abfälligen Bemerkung über seinen Schnurrbart war nichts dabei herausgekommen. Zuletzt rasierte er ihn ganz weg – und die Koteletten gleich mit. Zum ersten Mal seit Jahrzehnten war er wirklich glattrasiert, wie ein junger Mann. Wie ein Amerikaner.

Sein Taxi erwartete ihn, ohne zu ahnen, wie wichtig dieser Augenblick war, sein letzter Arbeitstag. Alan kurbelte die Fenster herunter. Als er die Zündung einschaltete, kletterte auch die Taxiuhr langsam weiter. In den hohen Hundertern war sie schon. Alan klopfte auf den Beifahrersitz: mit dieser Karre war er fertig. Er würde sie nicht vermissen. Er stellte den Rückspiegel ein. Den größten Teil der Bildfläche nahm Mrs. Allen ein. Sie saß da und lächelte übers ganze Gesicht. »Ich dachte, ich könnte Sie zum Flughafen begleiten. Ich habe mir heute frei gegeben. Zurück fahre ich dann mit dem Bus.«

Alan war wütend. Er wollte jetzt keine Ablenkung. Er schrie sie an. »Nein. Nein. Nein.« Er riß die hintere Tür auf und winkte: Raus, raus, raus. Als die alte Frau sich weigerte, als aller Kummer Bagdads ihr Lächeln unter sich begrub, packte er den Ärmel ihres lächerlichen Mantels, zerrte daran und rief immer wieder: »Nein! Verstehen Sie? Nein!«

In der Rückschau ist diese Szene so unerfreulich, daß ich sie abkürzen möchte. Gleich hier. Also, Schluß damit – und weiter.

Am späten Nachmittag begab sich Alan an seinen Arbeitsplatz. Er parkte direkt gegenüber, auf der anderen Straßenseite. Die Kinder kamen aus der Schule, hampelten und stritten vor dem Haus herum. Türkans Schimpfen klang schriller als sonst, tat aber auch mehr Wirkung. Bald hatte sie die beiden ins Haus gelotst. Ihre Mutter war nirgendwo zu sehen. Plötzlich entdeckte Alan den Vater. Er stand am Fenster und starrte in die sonderbare Wärme hinaus. Er trug einen dunklen Anzug, und in der fetten Hand hielt er ein Gebetbuch. Seine Frau trat neben ihn, mit ausdrucksloser Miene, ohne ihn zu berühren, und sah auch nach draußen. Sie sprachen nicht miteinander. Ajda Erkal öffnete das Fenster. Sie trug eine leuchtendblaue Bluse, passend zum Frühling, zu einem Neuanfang. Die Bluse hatte einen runden, mädchenhaft wirkenden Kragen.

Singsang drang an Alans Ohr. Sie hatten im Radio oder im Fernsehen einen islamischen Gottesdienst eingeschaltet. Dann hörte Alan hinter sich: »Leute, die an Gott glauben können, haben großes Glück.« Er zuckte mit den Achseln. Er war Mrs. Allen einfach nicht losgeworden, und nun saß sie auf dem Rücksitz und gab Bemerkungen von sich, die ihn nicht interessierten. »Leider«, fuhr sie fort, »habe ich dieses Glück nicht.«

Ein Pizza-Wagen fuhr vor. Türkan bezahlte den Pizza-Mann an der Haustür. Das Ehepaar am Wohnzimmerfenster verschwand. Das Gebet endete mitten im Satz. Das Haus lag nun still da.

Gegen Viertel vor sechs tauchte eine Limousine auf und wartete mit laufendem Motor. Um sechs Uhr klingelte der Chauffeur an der Haustür und kam mit einem Koffer zurück. Süleyman Erkal folgte ihm mit einem Regenschirm. Seine Frau stand in der Haustür und winkte fröhlich, während er in den Wagen stieg. Nachdem die Limousine außer

Sicht war, wandte sich Alan an seinen alten Fahrgast. »Wir müssen noch warten, und dann muß ich für ein paar Minuten da hinein. Sie bleiben hier sitzen. Okay? Sie haben ja Ihre Bücher.« Sie hatte ein Dutzend Bücher und ihr Manuskript mitgenommen, als wollte sie für einen längeren Aufenthalt gerüstet sein. Der Rücksitz war mit Papieren übersät.

Um Viertel nach sechs eilte Türkan aus dem Haus, ohne das Taxi zu bemerken. Auf dem Rücksitz blinzelte Mrs. Allen in ihre Zeitung. Gerade als Alan aussteigen wollte, tauchte ein frisch gewaschener roter Sportwagen auf und parkte in der zweiten Reihe direkt vor der Haustür. Dave stieg aus, und Alan beobachtete voller Abscheu, wie großspurig und unbekümmert er die Stufen hinaufging. Dave öffnete die Haustür mit einem eigenen Schlüssel. Alan erkannte, daß das Schicksal seinem Vorhaben gewogen war. Auf diese Weise gab es ein Opfer mehr, und Süleyman Erkal würde ahnen, was seine Frau so getrieben hatte. Der Killer entstieg seinem Wagen mit etwas mehr Begeisterung. Das Telefon auf dem Beifahrersitz vergaß er.

Die alte Frau hielt sich das Buch noch immer vor die Augen, aber ihr Kopf war auf das Polster zurückgesunken. Sie war offensichtlich eingeschlafen – noch ein Glücksfall. Alan trat durch das Tor und ging am Haus entlang zum Hintereingang. Die Tür war noch nicht repariert. In der Küche brannte kein Licht. Drinnen war niemand. Er trat ein.

Als erstes zog er die Rollos in der Küche herunter, für den Fall, daß jemand hereinkäme, das Licht anschaltete und ein Getümmel veranstaltete. Er sah das Küchenmesser, das er noch brauchen würde, und die Gummihandschuhe unter dem Spülbecken, ließ sie aber fürs erste dort. Im Eßzimmer war es dunkel, im Wohnzimmer brannte Licht. Er gab sich keine Mühe, leise zu sein, ging durch den Flur zur Treppe und in gemächlichem Tempo nach oben. Trocken und fest lag die Smith and Wesson in seiner Hand, ein Zauberstab.

Vom oberen Treppenabsatz konnte er links direkt ins Kinderzimmer und geradeaus ins Schlafzimmer der Erkals sehen. Er wurde nicht erwartet, und niemand hörte ihn kommen. Er sah die Kinder bäuchlings auf dem Fußboden liegen und wollte plötzlich unbedingt wissen, was sie sich gerade ansahen: Ein nacktes Paar wälzte sich auf einem Bett herum. Der Mann fesselte die Hände der Frau an den Bettpfosten. Er streichelte ihr den Hals und küßte ihn. Sein langer nackter Rücken krümmte sich und streckte sich wieder. Mehrmals hintereinander. Die Frau hielt die Augen geschlossen, sie stöhnte. Die Kinder kicherten laut. Alan war wie betäubt. Daves Stimme brachte ihn zur Besinnung. Hinten sah er Ajda Erkal im Profil, sie saß an ihrem Frisiertisch, blickte in einen Spiegel und tuschte sich die Wimpern. Dave stand offenbar dicht hinter ihr, denn plötzlich tauchten seine weißen Hände vor ihrem Oberkörper auf. Sie achtete nicht darauf, während sich die Hände unter ihre Bluse schoben und dort herumwanderten. Alan ahnte, was er zu ihr sagte, denn seine Stimme klang bettelnd und begierig zugleich. Etwas wie: »Hier habe ich dich noch nie gehabt, nicht wahr, Liebling? Ist das nicht unfair?«

Alan verfolgte das Geschehen angewidert und fasziniert zugleich. Die Unentschlossenheit lastete schwer auf seinen Absichten. Er konnte sich nicht entscheiden, wen er zuerst umbringen sollte. Die Pistole in seiner Hand wurde immer schwerer. Die Kinder wälzten sich lachend auf dem Fußboden. Die Frau auf dem Bildschirm vor ihnen hatte aufgehört zu stöhnen. Traurig starrte sie auf die Zuschauer. Zwei Männerhände würgten sie am Hals. Sie machte ein erschrockenes Gesicht. Im Elternschlafzimmer waren Daves Hände abwärts geglitten und zwängten sich nun unter die Gürtellinie von Ajda Erkals Rock. Dabei flüsterte er ihr heftig ins Ohr. Sie hatte das Make-up beiseite gelegt und sich zurückgelehnt, mit geschlossenen Augen. Alan sah von einem Zimmer zum anderen, von einem Bild zum anderen, sein Blick fuhr hin und her, schneller und schneller. Da ließ ihn ein anderes Geräusch zusammenfahren und steigerte noch seine Unentschlossenheit – unten öffnete sich die Haustür, dann schwere Schritte und keuchender Atem.

Vorsichtig beugte er sich über das Geländer und sah direkt unter sich Süleyman Erkals Kopf mit seinen Schlappohren. Süleyman Erkal konnte Alan nicht gesehen haben, aber er spürte seine Anwesenheit dort oben auf dem Treppenabsatz und rief: »He, du da!«

Die nächsten Minuten, die für Alans Leben so folgenreich sein sollten, verliefen in dem gemächlichen Tempo der meisten Katastrophen. Von seinem Platz am oberen Ende der Treppe sah Alan, wie Ajda Erkal – eine Hand an der Augenbraue – erstarrte. Dave strebte rückwärts aus dem Bild, wobei seine Hände aus den Tiefen der Frauenkleider wieder auftauchten. Die Kinder knallten ihre Tür zu, und man konnte hören, wie sie hastig weiterschalteten, bis die Melodie aus der Sesamstraße erklang. Alan blieb, wo er war, die Pistole in der Hand. Süleyman rief in die aufkommende Stille: »Ich weiß, hier ist ein anderer Mann. Schon als ich abfuhr, wußte ich, es würde einer da sein. Ich wußte es einfach. Aber ich wollte es mit eigenen Augen sehen. Er sollte

145

den Mut haben und herunterkommen. Ich will mit ihm reden.«

Im Elternschlafzimmer regte sich nichts. Schließlich reagierte Alan. Er trat an die Treppe und blickte zu Süleyman Erkal hinab, in die verhaßten braunen Augen, kleine Teller, auf denen sich das Elend häufte. Süleymans Gesicht wurde zu einem knittrigen, fleckigen Tischtuch. Er gab ein Wimmern von sich. Auf türkisch schrie er: »Es ist also wahr. Ich hatte so sehr gehofft, es wäre nicht wahr. Ich hatte gehofft, mein Verdacht sei unbegründet. Ich wollte es wissen. Es ist eine Katastrophe. Ich wünschte, ich wäre tot.« Er sank gegen die Wand, schlug sich die Hände vors Gesicht und jammerte wie eine alte Großmutter.

Nun rührte sich auch Ajda Erkal. Sie kam aus ihrem Zimmer in den Flur, und als sie Alan an der Treppe stehen sah, schrillte sie los wie eine Sirene. Sie sah zu Süleyman hinunter, und ihr Geschrei nahm Form an, Silbenform: »Polis! Polis!« Da zog Süleyman Erkal eine Pistole aus seiner Jackentasche – nicht irgendeine Pistole, sondern eine 32 Walther – und richtete sie auf seine Frau. Alan kam nur langsam voran. Es war, als watete er durch einen Sumpf, auf Süleyman zu, der abzudrücken versuchte, sich aber vor lauter Aufregung verheddern. Alan nahm die Smith and Wesson in die linke Hand, packte mit der Rechten Süleymans Arm, bog ihn nach hinten und verdrehte ihm die Hand so lange, bis er die Walther losließ. Alan fing sie auf. *Hila hila*, so war es besser! Alan ließ die Smith and Wesson fallen. Lautlos sank sie in den Plüschteppich.

Er packte den dicken alten Mann von hinten und zog ihn mit sich, während er sich rückwärts auf die offene Haustür zubewegte. Zuletzt stand er mit dem Rücken in der Tür, sah vor sich Ajda und hielt ihren Mann umklammert. Er hob die geladene Walther an Süleymans byzantinisches Ohr. Er sah das Geflecht der Fältchen auf dem Ohrläppchen, das verfilzte Haar im Inneren des Gangs, der zum Gehirn dieses hilflosen Mannes führte. Ein Sekundenbruchteil Mitleid kann die besten Pläne über den Haufen werfen. Aber der Killer hatte keine Pläne mehr. Er wollte dieses Drama nur noch zu Ende bringen.

Unterdessen begann im Taxi Alans Telefon zu klingeln und weckte Mrs. Allen. Zuerst war sie verwirrt. Dann ortete sie das Piepsen – es kam vom Beifahrersitz. Sie streckte den Arm aus, nahm das Telefon und betrachtete es. Mit einem solchen Gerät hatte sie noch nie telefoniert. Sie wußte nicht, wie man das Piepsen abstellt. Schließlich drückte sie die grün blinkende Taste und nahm das Telefon ans Ohr, ohne etwas zu sagen. Da hörte sie eine Stimme, die sie seit vielen Jahren nicht gehört hatte. Selbstverständlich erkannte sie sie sofort. Die Stimme sagte: »Hallo? Hallo?« – wütend, mehrere Male hintereinander. Mrs. Allen riß sich zusammen. All die Jahre hatte sie auf diesen Augenblick gewartet, jetzt war er gekommen, und sie war nicht vorbereitet. Sie sagte: »*Ez Ingilîzî nizanim.*«

Worauf die Stimme auf kurdisch nach Alan Korkunç fragte – »Alan Korkunç, sofort!« Nun war sich Mrs. Allen ihrer Sache sicher und sagte auf englisch: »Erkennst du denn nicht mal die Stimme deiner eigenen Mutter?« Der Anrufer legte sofort auf.

Mrs. Allen stieg aus dem Wagen, und zum erstenmal zitterten ihre Hände – aber nicht wegen ihres Alters. Sie ging auf die Treppe zu, erklomm hastig eine Stufe nach der anderen. Alan in der Haustür hatte ihr den Rücken zugewandt. Sie schrie ihm ins Ohr: »Mein Sohn! Sie wissen doch, mein

Sohn! Er hat eben auf Ihrem Telefon angerufen!« Alan erschrak, er stolperte und stieß seine Geisel ins Haus zurück. Mrs. Allen jedoch glaubte, er wolle sie stehenlassen – packte ihn und hielt ihn fest. Ihr Kummer verwandelte sich in reine Energie – sie zerrte Alan mit solcher Gewalt nach hinten, daß er das Gleichgewicht verlor und schmerzhaft langsam die Steintreppe hinunterzukugeln begann.

Während er stürzte, glaubte er in der Ferne Polizeisirenen zu hören. Er schleppte sich auf die Straße. Gesicht und Brust waren naß, und er fragte sich, wie er sich diesmal schmutzig gemacht hatte und ob es Flecken geben würde. Die hintere Tür des Taxis, wo Mrs. Allen eben ausgestiegen war, stand offen. Mühsam schob er sich hinein und erwartete, neben sich die alte Frau zu finden. Aber sie war nicht dort. Sie setzte sich gerade ans Steuer. »Machen Sie die Tür zu!« befahl sie, ließ den Wagen an und fuhr los. »Aber ansehen werde ich Sie nicht. Sie bluten ja ganz gräßlich«, sagte sie. Sie fuhr nicht schlecht. Er schlief ein. Als er erwachte, waren sie auf dem Broadway in Richtung Norden unterwegs, wahrscheinlich nach Zuhause.

Gekonnt schlängelte sie sich durch den dichten Verkehr. Alan kam zu sich und fragte: »Warum zum Teufel haben Sie das getan?« Und sie entgegnete: »Es wird höchste Zeit, daß Sie Englisch lernen.«

Dann fragte sie: »Wer ruft Sie auf diesem Telefon an?«

Er wußte nicht, warum sie sich dafür interessierte, und plötzlich wurde ihm übel. »Mr. Ballinger«, erwiderte er. »Ein furchtbarer Mann. Er hat mich angeheuert, damit ich jemanden umbringe. Aber ich habe es nicht getan.« Und dann fügte er hinzu: »Ich habe keine Lust mehr, Leute umzubringen. Ein schrecklicher Beruf. Außerdem wird er ganz mies bezahlt, wenn man es sich recht überlegt.«

»Angeheuert, um jemanden umzubringen? Ich verstehe, das soll ein Witz sein!«

»Natürlich«, sagte Alan und döste weiter, bis das Telefon wieder klingelte. »Gehen Sie nicht dran!« rief er. Er griff nach dem Apparat auf dem Beifahrersitz, ließ ihn fallen und fing an, darauf herumzutrampeln. Nach ein paar Tritten brach er auseinander, und Alan fand die Wanze, die zwischen den Batterien steckte. »Halten Sie mal kurz an«, sagte er. Sie bremste sanft. Er öffnete das Fenster und stopfte das Telefon in einen Papierkorb an einer Straßenecke. »Ob wir einen Highway finden?« fragte er.

Das Taxi glitt den Highway entlang, durch eine ländliche Gegend. Aus dem Fenster flog das Kerngehäuse eines Apfels. Dann ein Zigarettenstummel. Dann eine Walther.

Die Taxiuhr hatte sich zu vielen tausend Dollar aufgeschwungen und rührte sich nicht mehr. Jetzt saß Alan wieder hinter dem Lenkrad. Mrs. Allen hatte eine große Karte der Vereinigten Staaten auf dem Schoß ausgebreitet. Sie schaltete das Radio ein, und in den Nachrichten wurde folgende Meldung gebracht: »In New York soll es heute zu einem Mordversuch gekommen sein, der sich gegen die Familie eines dort ansässigen türkischen Geschäftsmannes richtete. In einem Anruf bei der Nachrichtenagentur Reuters übernahm eine kurdische Terrororganisation die Verantwortung für die Tat und erklärte, mit der Ermordung seiner Ehefrau und seiner beiden Kinder sei dem Geschäftsmann eine Lektion erteilt worden. Der Anrufer alarmierte gleichzeitig die Polizei, die jedoch nur Spuren einer häuslichen

Auseinandersetzung vorfand. Es wurde allerdings eine geladene Schußwaffe sichergestellt, die auf den Namen eines Freundes der Familie registriert war. Die Untersuchungen laufen noch.«

Man hatte dem Killer also eine Falle gestellt. Aber den Killer bedrückte das nicht sonderlich, denn er war nicht hineingegangen, und für verschiedene andere Leute würde die Sache wohl sehr viel peinlicher ausgehen. Die beiden Touristen dachten nicht mehr an das, was hinter ihnen lag. Sie sahen sich die Gegend an, und als sie den Mittleren Westen hinter sich hatten und zu den Bergen kamen, fühlten sie sich immer wohler. Am Stadtrand von Denver nahmen sie eine Anhalterin mit, eine Studentin, die gerade ihr Studium abgebrochen hatte. Sie wollte nach Hause, nach Tonopah in Nevada, und sich mit Dingen beschäftigen, die wirklich wichtig waren – mit den Schafen und Rindern auf der Ranch ihres Vaters zum Beispiel. Alan und Mrs. Allen boten ihr an, sie bis nach Hause zu bringen. Als sie dann nach Tonopah kamen, hatten auch Alan und Mrs. Allen das Gefühl, sie seien zu Hause. Alan sagte, es sei wie in Kurdistan, und Mrs. Allen sagte, es sei wie in den Alpen, tiefer Schnee, hohe Gipfel und die Sommer, wie man hörte, eher kühl und mit ein bißchen Wind.

Der Vater des Mädchens hatte auf seinem Gut ein großes Gästehaus und lud sie ein zu bleiben. Mrs. Allen wollte eine Schreibmaschine kaufen, fand aber in ganz Nevada keine. Schließlich kaufte sie bei einem Garagenverkauf einen gebrauchten Computer und versuchte zu lernen, wie man damit umging. Es stellte sich heraus, daß Alan damit genausowenig zurecht kam wie sie, was ihr die Angst nahm, sie sei womöglich zu alt für den neuen Apparat. Zuletzt gab sie es auf, las nur noch den ganzen Tag und erklärte, sie habe das Recht auf ein bißchen Faulheit. Alan arbeitete in einem Lebensmittelladen im Ort. Sie führten ein stilles, beschauliches, innig verbundenes Leben, ungefähr wie in New York, mit dem einen Unterschied, daß sie hier bald jede Menge Freunde und Leute hatten, die gelegentlich vorbeikamen und Geschichten aus der Ferne hören wollten – so sind die Amerikaner, neugierige Leute. Nach einiger Zeit kam auch das Englische zu Alan, und er begrüßte es. Er war jetzt oft mit der Studentin zusammen, und er wollte sich mit ihr unterhalten. Jemanden wie sie hatte er noch nie gekannt, weil er eigentlich noch nie ein Mädchen richtig kennengelernt hatte. Sie war klug, las manchmal Bücher, fragte Mrs. Allen stundenlang aus, wie es früher in Europa gewesen war, und sie liebte ihre Arbeit auf der Ranch. Sie hatte Geduld mit den Neuankömmlingen, aber sie ließ sich von keinem Mann herumschubsen, nicht eine Minute. Und sie anrühren oder ihr schöne Augen machen durfte er auch nicht – das änderte sich erst, als sie ihn schon lange kannte.

Zu dieser Zeit hatte Mrs. Allen ihm eine eigene Tankstelle gekauft, und er sprach fließend Englisch. Er fing an, die Zeitungen zu lesen, die er in seiner Tankstelle verkaufte, und interessierte sich immer mehr für das, was um ihn herum geschah. Er blätterte sogar in der Bibel – aus Neugier. Er konnte sich über nichts beklagen. Oder doch. Da war etwas. Immerzu wartete er darauf, daß dieses Mädchen auftauchte, und die Zeit ohne sie schien ihm … schwer zu sagen … irgendwie verschwendet. Er wurde trübsinnig, wenn sie nicht da war, und war aufgekratzt, wenn sie kam, und Mrs. Allen, die Bescheid wußte, lachte ihn aus, sagte aber nicht warum. Irgendwann kam er zu dem Schluß, daß das

151

Vergnügen, das ihm die Gesellschaft dieses Mädchens machte, den Schmerz nicht aufwog, den ihre Abwesenheit ihm
bereitete. Und eines Tages nahm er seinen ganzen Mut zusammen und sagte es ihr. *Hila, hila,* sie gab zu, daß es ihr mit
ihm genauso ergehe. Da beschlossen sie, zu heiraten und
immer zusammenzubleiben. Und nun ist die Geschichte aus.
Gerade rechtzeitig. Schau, da kommt deine Ma. Sie mag es
gar nicht, wenn ich dir solche Geschichten erzähle.

Epilog

Ein Mann in mittlerem Alter namens Douglas saß mit dem Rücken zu seinem Schreibtisch und hielt ein Kind auf dem Schoß. Er war ein bißchen dick geworden und würdig, mit schütterem weißem Haar. Eine amerikanische Fahne hing an der Wand. Die unteren Ecken waren nicht festgesteckt. Sie hoben und bauschten sich in dem Luftzug, der vom Deckenventilator ausging. Eine Frau in einem einfachen blauen Jeanskleid kam herein, gab ihm ein weißes T-Shirt und sagte: »Hier ist ein sauberes. Ich habe mich schon umgezogen. Seit Jahren habe ich kein Kleid mehr angehabt. Die Leute warten schon. Und hör auf, dem Kind diese Märchen zu erzählen. Du machst es noch ganz verrückt.« Sie nahm das Kind bei der Hand und sagte: »Komm, Eliza, du kannst mir bei den Gästen helfen.«

Als sie gegangen waren, stand Douglas auf und murmelte etwas vor sich hin. Er zog sich das frische T-Shirt an, ließ das alte, das genauso aussah, auf dem Stuhl liegen und ging nach draußen. Es war ein Morgen im August, kurz nach neun, wenn in Nevada die Sonne anspringt wie ein Heizofen. Er blieb vor der Eismaschine stehen und nahm sich eine Handvoll künstlichen Schnee. Er drückte ihn in der Faust zu einer Kugel und preßte sie sich in den Nacken. Der Schneeball begann zu schmelzen. Mit durchnäßtem Hemd ging der Mann zum Büro der Tankstelle hinüber. Dort drängten sich die Leute. Am hellichten Tage waren Lampen aufgestellt worden.

Ein Mann in einem Anzug begrüßte ihn. »Douglas! Jetzt

sind wir den ganzen weiten Weg gefahren, um Sie zu feiern, und Sie laufen weg und verstecken sich. Sind Sie menschenscheu oder was?«

»Nein, nein«, erwiderte Douglas in einem Akzent, der nicht aus dieser Gegend war und von dem er, wenn man ihn danach fragte, immer sagte, es sei ein »Akzent unbekannter Herkunft«. Er streckte dem anderen die Hand hin. »Willkommen. Meine Frau hat Sie schon begrüßt. Ich mußte mich noch zurechtmachen. Ich fühle mich – ich weiß nicht, schüchtern vielleicht. Es ist … eine Ehre.«

Dem Mann im Anzug wurde ganz warm ums Herz. Gerührt schüttelte er Douglas die Hand. »Schüchtern! Das gefällt mir! Das gefällt mir sogar sehr. Und das sollten Sie auch sein. Denn so was kommt nicht alle Tage vor. Ich bin den ganzen Weg von Winnetka hergekommen, Jeff hier aus Seattle, Jerry aus Kansas City, Pies und Nelson und Alan aus New Haven, wir alle haben uns halb totgefahren, um hierherzukommen. Weil wir wollen, daß Sie auf sich genauso stolz sind, wie wir auf Sie stolz sind. Unser Unternehmen verleiht jedes Jahr zwei Plaketten, die Jim Smith Plakette für Arbeitsproduktivität und den Joel Elliot Preis für die saubersten Toiletten. Zum erstenmal in der Geschichte unseres Unternehmens verleihen wir beide Plaketten dem gleichen Preisträger. An einen großartigen Mann: Mr. Douglas Allen.«

Ein Blitzlicht flammte auf, Weingläser wurden gereicht, die Videokamera eines regionalen Fernsehsenders schob sich störend durch den Raum, und etliche Stimmen riefen: »Eine Rede! Eine Rede!« Währenddessen wieselte ein kleines Mädchen mit schwarzen Zöpfen zwischen den Erwachsenen umher, bis Douglas es, wie zu seinem eigenen Trost, auf den Arm nahm und mit ihm ans Mikrophon trat. »Vielen Dank.

Ich kenne keine großartigen Wörter, um danke zu sagen. Ich bin bloß ein einfacher Tankwart, ein ganz normaler Mann, kein Politiker. Ich kann keine Reden halten wie Terry hier eben. Aber ich weiß, wie man danke sagt. Also laßt mich euch einfach sagen, was ich euch sagen kann: Danke. Bin ich jetzt im Fernsehen? Wirklich?« Er sah in die Videokamera, nahm die Hand seiner kleinen Tochter und winkte mit ihr. »Hallo, Amerika!« rief er. »Hallo, ihr alle da draußen. Und vielen Dank. Ich liebe euch.«

Alle klatschten, und dann sangen sie: »*For he's a jolly good fellow*«. Die Musik spielte noch lange weiter, und auch das Getümmel zog sich in die Länge, denn nun wurde ein Buffet mit gegrillten Köstlichkeiten eröffnet. Niemand sah, wie der Gefeierte, ein Glas Wein in der Hand, dem Fest den Rücken kehrte. Er kam an einer Garage vorbei, in der zwischen ein paar anderen Wagen auch ein leuchtendgelbes Taxi stand, und ging dann weiter, in Richtung der Berge von Zentralnevada, die denen in Türkisch-Kurdistan so ähnlich waren. Die Straße lief direkt auf die Bergkette zu, vorbei an einer kleinen Kapelle. Hinter ihr lag ein hübscher Friedhof mit Beifuß und steinernen Grabplatten, manche sehr alt, manche aus jüngerer Zeit. Er wanderte in den hinteren Teil des Friedhofs zu einem ganz bestimmten Stein. Dort blieb er stehen, hob sein Glas auf die unterirdische Bewohnerin dieser Parzelle und sagte: »*Noş.*«

Ende

»Born in the USA«
Junge amerikanische Autoren im <u>dtv</u>

»Romane sind wie Rockkonzerte. Entweder bringst du die Leute
zum Tanzen oder sie feuern dir Bierdosen an den Kopf.«
T. C. Boyle

Brad Barkley
**Wie ich den Porsche von
James Dean verkaufte**
Roman
Übers. v. Dieter Kuhaupt
ISBN 3-423-**20556**-3

Ein unwiderstehlich komischer Roman über einen
handlungsreisenden Don
Quichotte und seinen heranwachsenden Sohn.

Lauren Grodstein
Für unsere zynischen Freunde
Erzählungen · <u>dtv</u> premium
Übers. v. Barbara Ostrop
ISBN 3-423-**24359**-7

Cool sind wir alle, und je jünger wir sind, um so mehr. Bloß
keine Gefühle zeigen, denn das
macht verletzlich. Aber manchmal geschieht ein Wunder …

Binnie Kirshenbaum
**Kurzer Abriß meiner
Karriere als Ehebrecherin**
Roman
Übers. v. Barbara Ostrop
ISBN 3-423-**12705**-8

Sie lügt, stiehlt und begehrt
andere Männer … »Mit abgründigem, blitzschnell ins
Melancholische umschlagendem Witz.« (Werner Fuld)

Matt Ruff
G.A.S.
Die Trilogie der Stadtwerke
Roman
Übers. v. D. u. G. Bandini
ISBN 3-423-**20758**-2

New York 2023. Während der
visionäre Trillionär Harry
Gant einen neuen Turm zu
Babel baut, kämpft seine
Exfrau Joan tief unten in der
Kanalisation gegen das Böse …
Fulminanter Comic-Fantasy-
Science-Fiction-Thriller.

Jen Sacks
Nice
Roman
Übers. v. Thomas Bauer
ISBN 3-423-**20537**-7

Grace will niemandem weh
tun. Aber manchmal muß sie
leider jemanden umbringen …
Eine rabenschwarze Komödie
für Romantiker.

Scott Snyder
Happy Fish
Stories · <u>dtv</u> premium
Übers. v. Lutz-W. Wolff
ISBN 3-423-**24381**-3

Zwischen Florida und New
York: verblüffende, schöne
Geschichten.

Bitte besuchen Sie uns im Internet: www.dtv.de

Walter Satterthwait im dtv

»Satterthwait kann absolut hervorragend schreiben.«
Claude Chabrol

Miss Lizzie
Roman
Übers. v. U.-M. Mössner
ISBN 3-423-20056-1

Lizzie Borden soll ihre Eltern ermordet haben … Ein Krimi mit Witz und Geist.

Mit den Toten in Frieden
Roman
Übers. v. Christa Krüger
ISBN 3-423-20250-5

Joshua Croft soll die Überreste eines Navajo-Häuptlings finden und stößt auf eine Vergangenheit voller Habsucht, Begierde und Verrat.

Wand aus Glas
Roman
Übers. v. Cornelia Philipp
ISBN 3-423-20281-5

Ein Joshua-Croft-Krimi um ein 30.000-Dollar-Kollier, Indianer, schöne Frauen und texanische Männer.

Eskapaden
Roman
Übers. v. U.-M. Mössner
ISBN 3-423-20284-X

Sommer 1921. Ohnmächtige Ladies, verschwiegene Butler,

ein Entfesselungskünstler, obszöne Gespenster und ein ermordeter Lord … ein herrlich englischer Landhauskrimi.

Der Gehängte
Roman
Übers. v. Klaus Schomburg
ISBN 3-423-20348-X

Mord im Esoterik-Zirkel von Santa Fe. Joshua Croft ermittelt.

Ans Dunkel gewöhnt
Roman
Übers. v. Klaus Schomburg
ISBN 3-423-20411-7

Ernie Martinez, der Rita schon einmal töten wollte, ist aus dem Gefängnis ausgebrochen. Diesmal ist Joshua Croft persönlich betroffen.

Eine Blume in der Wüste
Roman
Übers. v. Werner Schmitz
ISBN 3-423-20435-4

Die Ex-Frau eines TV-Stars und ihr Kind sind verschwunden. Joshua Croft soll die beiden aufspüren.

Bitte besuchen Sie uns im Internet: www.dtv.de

T. C. Boyle im dtv

»Aus dem Leben gegriffen und trotzdem unglaublich.«
Barbara Sichtermann

World's End
Roman
Übers. v. Werner Richter
ISBN 3-423-11666-8

**Greasy Lake und
andere Geschichten**
Übers. v. Giovanni Bandini u.
Ditte König
ISBN 3-423-11771-0

Grün ist die Hoffnung
Roman
Übers. v. Werner Richter
ISBN 3-423-11826-1 und
ISBN 3-423-20774-4

**Wenn der Fluß voll
Whisky wär**
Erzählungen
Übers. v. Werner Richter
ISBN 3-423-11903-9

Willkommen in Wellville
Roman
Übers. v. Anette Grube
ISBN 3-423-11998-5

Der Samurai von Savannah
Roman
Übers. v. Werner Richter
ISBN 3-423-12009-6

Tod durch Ertrinken
Erzählungen
Übers. v. Anette Grube
ISBN 3-423-12329-X

América
Roman
Übers. v. Werner Richter
ISBN 3-423-12519-5

Riven Rock
Roman
Übers. v. Werner Richter
ISBN 3-423-12784-8

Fleischeslust
Erzählungen
Übers. v. Werner Richter
ISBN 3-423-12910-7

Ein Freund der Erde
Roman
Übers. v. Werner Richter
ISBN 3-423-13053-9

Schluß mit cool
Erzählungen
Übers. v. Werner Richter
ISBN 3-423-13158-6

Bitte besuchen Sie uns im Internet: www.dtv.de